Les Éditions du Boréal
4447, rue Saint-Denis
Montréal (Québec) H2J 2L2
www.editionsboreal.qc.ca

L'IDOLE

DU MÊME AUTEUR

Rouges chaudes, suivi de *Journal du Népal*, poésie, Éditions du Noroît, 1983.

Les Verbes seuls, poésie, Éditions du Noroît, 1985.

La Catastrophe (en collaboration avec Élise Turcotte), poésie, Éditions de la NBJ, 1985 ; *La Nouvelle Catastrophe*, Éditions du Silence, 2007 (nouvelle édition).

Petite Sensation, poésie, Estérel, 1985.

La Minutie de l'araignée, poésie, Éditions de la NBJ, 1987.

La 2ᵉ Avenue, poésie, Éditions du Noroît, 1990 ; *La 2ᵉ Avenue* précédé de *Petite Sensation, La Minutie de l'araignée, Le Marché de l'amour*, L'Hexagone, 1995 (nouvelle édition).

Le Désert des mots, poésie, Le Buisson ardent, 1991.

La Love, roman, Leméac, 1993 ; coll. « Bibliothèque québécoise », 2000 (nouvelle édition).

Poèmes faxés (en collaboration avec Jean-Paul Daoust et Mona Latif-Ghattas), poésie, Écrits des Forges, 1994.

Darling, roman, Leméac, 1998.

Pauline Julien. La Vie à mort, biographie, Leméac, 1999.

Cœurs braisés, nouvelles, Boréal, 2001.

Ni vu ni connu, poésie, La courte échelle, 2002.

Silencieux Lassos, poésie, Écrits des Forges, 2004.

Momo et Loulou (en collaboration avec Mona Latif-Ghattas), récit, Éditions du remue-ménage, 2004.

So long, roman, Boréal, 2005.

Le Fils du Che, roman, Boréal, 2008.

Les Silences, poésie, Éditions du Silence, 2008.

Nos saisons (avec Jeanne-Mance Delisle, Louis Hamelin et Margot Lemire), poésie, Éditions du Quartz, 2011.

Rapide-Danseur, roman, Boréal, 2012.

Ciels métissés, poésie, Écrits des Forges, 2014.

Louise Desjardins

L'IDOLE

roman

Boréal

© Les Éditions du Boréal 2017
Dépôt légal : 3ᵉ trimestre 2017
Bibliothèque et Archives nationales du Québec

Diffusion au Canada : Dimedia
Diffusion et distribution en Europe : Interforum

Catalogage avant publication de Bibliothèque et Archives nationales du Québec et de Bibliothèque et Archives Canada

Desjardins, Louise, 1943-

    L'idole

    ISBN 978-2-7646-2501-9

    I. Titre.

PS8557.E782136   2017   C843'.54   C2017-941424-0

PS9557.E782136   2017

ISBN PAPIER 978-2-7646-2501-9

ISBN PDF 978-2-7646-3501-8

ISBN EPUB 978-2-7646-4501-7

Pour ma petite Elsa

Et il y a des gens qui disparaissent comme ça du côté lointain de l'océan, avec si peu de preuves matérielles que de leur appliquer le mot mort *semblera toujours inapproprié, excessif.*

Zulmira Ribeiro Tavares

1

La première chose qui m'a vraiment frappée dans l'Avenida 9 de Julio, c'est la gigantesque effigie d'Eva Perón sur le bâtiment du ministère du Travail. M'est soudain revenue en plein cœur l'image d'un après-midi d'été. C'était en 1952, je n'avais pas encore dix ans et, comme tous les mardis, lendemains de lessive, ma mère faisait son repassage, une bouteille de Coca-Cola à portée de main. Son *coke*, comme elle l'appelait. Sur la table de la cuisine, un numéro de *Paris Match* avait abouti chez nous je ne sais comment. Mes tantes de Montréal, peut-être. La couverture affichait le cadavre d'Eva Perón dans son cercueil de verre. C'est une belle morte, c'est ce que j'ai dit à ma mère qui a répondu, oui, Éveline, elle est belle parce qu'elle est morte jeune et célèbre et c'est pour ça qu'on l'aime autant. Le monde entier l'adore.

Nous étions seules toutes les deux. Mon frère Larry jouait dehors, on ne savait pas où il était ni ce qu'il faisait, ce n'était pas grave. Mon père était allé combattre des feux de forêt, on ignorait où il était, ce n'était pas grave. Ma mère me livrait le linge encore tout chaud que je rangeais en piles bien droites sur la table. Nous étions dans la quiétude du monde, ça sentait l'empois et ma mère qui ne pleurait jamais versait parfois quelques larmes en me racontant l'histoire d'Eva Perón. Une femme qui était partie de rien mais qui était connue dans le monde entier, une idole, répétait-elle, entre deux gorgées de *coke*. Et en repassant les taies d'oreillers et les torchons de vaisselle qu'elle avait brodés pendant ses longues fiançailles, elle poursuivait son monologue. Le mot *charitable* étant l'un de ses préférés, elle répétait les yeux au ciel qu'Eva Perón était une femme très charitable. Imagine, Éveline, elle a fait construire des orphelinats, des maisons et des écoles pour les pauvres, elle distribuait des cadeaux directement aux enfants. Grâce à elle, les femmes ont obtenu le droit de vote, et les ouvriers, des augmentations de salaire. Pourquoi mourir si jeune ? Mais c'était trop pour elle. Le bonheur est aussi insupportable que le malheur, tu vois, c'est comme un élastique que l'on tend de plus en plus, parce qu'on en veut toujours davantage. Un jour, ça casse. Dommage quand même que son cancer l'ait emportée à trente-trois ans, l'âge du Christ quand il est mort, mais je suis à peu près sûre que le pape Pie XII va la canoniser.

Avenida 9 de Julio, décembre 2013. Je suis arrivée à Buenos Aires il y a quelques mois. Souvent, quand je me promène, je me demande comment Eva Perón, cette femme partie de rien, peut, plus de soixante ans après sa mort, être encore présente dans la vie des habitants de Buenos Aires, les *Porteños* comme on les appelle ici. Je la vois partout, sur les billets de cent pesos, sur des affiches, dans des guides touristiques, au cimetière de Recoleta, sur des couvertures de livres.

Aujourd'hui, je suis descendue dans le métro bigarré de graffitis. Le wagon climatisé était déjà plein à craquer, mais on m'a fait une petite place, sans doute à cause de mes cheveux gris. Les vieux ont la cote ici, on les aide même à traverser la rue. Un jeune homme distribuait des chocolats sur nos genoux. Il aurait bien voulu qu'on les achète, mais personne n'a bougé. Il a repris tous ses chocolats et s'est dirigé vers un autre wagon dès l'ouverture des portes. Une femme très jeune et très tatouée l'accompagnait, un bébé morveux dans les bras. Un autre jeune homme est entré, nous a mis des contenants de plastique de toutes les couleurs sur les genoux, personne n'en a acheté et il est sorti du wagon. Et la procession a continué ainsi jusqu'à ce que j'émerge de la station Bulnes, avenue Santa Fe.

2

C'est presque l'été et il y a du tango dans l'air. Des kiosques pleins de fleurs sont plantés au coin des rues. Au début, quand je suis arrivée, seuls les freesias, les roses et le jasmin m'étaient familiers, mais j'ai vite été attirée pas un petit bouquet multicolore. Quand je l'ai pointé du doigt, le vieux fleuriste m'a dit d'un air sérieux : *Son alegrías del hogar.* Des « joies du foyer », c'est la traduction littérale du nom de ces fleurs, et ça m'a rendue heureuse. En palpant mon billet de cent pesos, le fleuriste m'a dit qu'il était presque impossible de savoir s'il était vrai ou contrefait. Il a ajouté que ce portrait d'Eva Perón sur les billets de cent pesos était une idée folle de la chère présidente Cristina Kirchner. Elle est malade, votre présidente, ai-je dit, je l'ai vue hier à la télé, elle va se faire opérer au cerveau. *Sí, nuestra loca presidenta,* a-t-il rétorqué, elle est si folle qu'elle a besoin de se faire opérer dans le crâne. Nous avons éclaté de rire, et il m'a gratifiée d'un « *Ciao bella* » en me rendant la monnaie. Ce vieux fleuriste avait le dos tout courbé, les doigts noués d'arthrite, mais il coupait ses tiges de jasmin avec dextérité. Alors que je m'éloignais, je l'ai entendu marmonner « *Loca presidenta* ».

Ce que le vieil Italien m'a dit est très différent de ce qu'on nous présente habituellement sur l'écran de ma grosse télé. On y voit plutôt des foules qui vénèrent leur présidente, qui se massent devant la casa Rosada dans une sorte de remake des envolées fougueuses d'Eva Perón. Les gens applaudissent leur présidente toutes les cinq minutes. Comme Fidel Castro, elle improvise pendant des heures et des heures. Dans ce flot de paroles, il y a les bons d'un côté, ses partisans, et les méchants de l'autre côté, c'est-à-dire tous les autres.

Mon bouquet d'*alegrías del hogar* à la main, j'ai navigué parmi les passants pressés de retrouver leur foyer, les mères et les pères raccompagnant leurs enfants, et, pour mieux observer le bourdonnement de la rue, j'ai décidé de m'arrêter à la terrasse d'un café. Dans le soleil faiblard de fin d'après-midi, les Argentins, tout à leur affaire, retournaient à la maison raconter leur journée, regarder les nouvelles en direct à TN, aider aux devoirs. Habituellement, les effluves d'*empanadas* ne commencent à se répandre dans le couloir de mon étage que très tard, vers vingt et une heures. Les voisins vont ensuite au lit se dire sur l'oreiller les mêmes choses que dans le reste du monde. Pas longtemps, ils se lèvent tôt. Comment font-ils ?

Deux femmes à la table d'à côté discutaient autour d'un poème. Tu devrais enlever ce mot, a suggéré l'une, il n'apporte rien à ton poème. *Nada.* Tu crois ? a répondu l'autre tout en rayant le mot. Au bout d'une heure, la discussion n'était pas terminée entre les deux amoureuses de poésie, extraites du monde, suspendues hors du temps et de la rumeur. Je songeais que j'aurais aimé me joindre à elles, participer à leur conversation, mais je craignais de briser leur bulle. Il y avait longtemps que je n'avais pas assisté à une telle discussion. À l'université, peut-être, ou quand je corrigeais des épreuves pour une revue de poésie. Ces deux femmes installées dans un café, à l'heure de l'apéro, soupesant les mots les uns après les autres, fiévreusement, me transportaient de joie. En quittant la terrasse du café, je n'ai pu m'empêcher de déposer mon petit bouquet d'*alegrías del hogar* près d'elles en disant *Gracias por la poesía*. J'ai entendu de loin des « *gracias señora* » qui se perdaient dans les klaxons.

J'ai appris l'espagnol pour de vrai sur le tard. Je peux le lire aisément, j'ai lu avec plaisir de grands auteurs latino-américains dans le texte original. Je peux aussi l'écrire sans problème et le parler assez bien pour dire tout ce que j'ai à dire sans trop faire d'erreurs. Mais j'avoue que l'accent argentin me déroute. Je n'ai pas osé aborder mes lectrices de poésie parce que je craignais de ne pas les comprendre.

Je me suis dit que les petites fleurs jaunes et mauves parleraient pour moi.

3

J'ai mis un point d'orgue sur ma vie. Comment tout ça va-t-il finir ? Je l'ignore, mais je n'attends plus rien de personne et c'est bien ainsi. Je fais la morte. Pour le moment, du moins. Et je suis terriblement vivante sous le ciel de Buenos Aires, aussi limpide que celui d'Abitibi.

Tous les jours, je marche et je marche, libre et sans but, portée par mes seuls pas et la rumeur. J'entre dans des librairies, je palpe les livres de mes écrivains compagnons de vie, Márquez, Cortázar, Borges. Le mois dernier, j'ai acheté le journal d'Alejandra Pizarnik dans sa version originale. Quand je l'avais lu en français, ça m'avait fait pleurer. Une autre morte très jeune, aurait dit ma mère. Suicidée, celle-là, comme Sylvia Plath, qui m'avait fait pleurer aussi. L'écriture ouvre grand la blessure. Intolérable quand on la regarde de trop près. Et on fait comme Virginia Woolf, on met des pierres dans ses poches et on s'enfonce dans la rivière glacée. J'ai aussi acheté un petit recueil de la poète Sara Cohen. Je ne la connaissais pas, mais en feuilletant son livre, j'ai vu *padre, madre, padres*. Quand les poèmes parlent des liens familiaux, des origines, de l'identité et de l'absence, ça m'intéresse. Dans les poèmes, il y a l'âme des peuples.

Dans une vitrine de librairie, rue Billinghurst, il y avait une panoplie de livres de Lacan, de Freud, de Jung, tous traduits en espagnol. Ça ne m'intéressait pas, je les avais tous lus en français. J'ai poursuivi mon chemin.

Quelques jours après mon arrivée – c'était au début de septembre –, en me promenant avenue Santa Fe entre Pueyrredón et Callao, je me suis attardée devant la vitrine de la librairie El Ateneo. Un livre m'a soudain tétanisée par son titre en grosses lettres : *Santa Evita*. Ma mère, qui a toujours considéré Eva Perón comme une sainte, aurait été enchantée, et je n'ai pas pu m'empêcher d'acheter le livre. Cette fois-là, mes billets de cent pesos affichant la « sainte » en question n'ont inspiré aucun état d'âme à la jeune caissière, contrairement à mon fleuriste italien qui ne rate pas une occasion de déblatérer contre la présidente. La caissière était peut-être une admiratrice de Cristina Kirchner. Elle lui ressemblait, d'ailleurs, avec ses lèvres gonflées au botox, ses longs cheveux ondulés et ses ongles de tigresse.

La librairie El Ateneo est aménagée dans un ancien théâtre dont on a transformé les corbeilles en salons de lecture. C'est comme si on était à l'intérieur d'un bateau de croisière luxueux et feutré. J'ai pensé m'installer dans un fauteuil pour commencer à lire *Santa*

Evita, mais la rue allait bientôt être déserte et j'avais très faim. Je déteste me promener seule le soir en ville, que ce soit à Montréal ou à Rouyn-Noranda. Des antennes émanent de mon corps dès que mes pas résonnent dans le noir. Je tremble quand j'entends des pas derrière les miens, je me prépare à crier. Cette peur me colle au ventre depuis qu'un homme m'a montré son zizi dans le boisé de l'université. J'ai crié si fort qu'il a ramené son imper sur lui avant de rebrousser chemin. C'était après un cours, en plein après-midi, et personne d'autre que lui n'a entendu mon cri.

Dans le quartier que j'habite, il n'y a aucun danger; je sais qu'on ne va pas m'agresser, vénérable d'âge comme je suis avec mes soixante-dix ans bien sonnés. Mais je ne peux rien y faire, la peur remonte à la surface comme une cicatrice qui s'ouvre. Dans la nuit, je deviens une toute petite chenille sur le trottoir.

Je suis donc rentrée chez moi en vitesse par l'avenue Santa Fe, mon *Santa Evita* sous le bras, en passant par Coronel Díaz, une rue bien éclairée et bondée. J'avais une faim de loup, j'ai sorti un gros *T-bone* que je n'ai presque pas mangé. Je n'aime pas tellement le steak, mais ici ce sont mes protéines à bon marché, et c'est vite préparé. Le repas terminé, je me suis installée dans le grand fauteuil pour enfin plonger dans mon roman tout neuf. Dès les premières pages, j'ai été happée par l'histoire du cadavre errant d'Eva. Encore une fois, ça m'a ramenée à ma mère faisant son repassage et au cercueil de verre sur la couverture du *Paris Match*. Eloy Martínez nous met dans le secret de l'embaumeur qui veille, des nuits durant, le cadavre de son amoureuse, qui la suit au fil des péripéties de son errance. C'est sa maîtresse, sa morte adorée, et il lui injecte des acides pour que le galbe de ses seins demeure par-delà la mort. Il la caresse, la peigne, la maquille sans relâche. Comme une adolescente en vacances, j'ai passé la nuit à lire ce polar. Pourquoi Eva est-elle adulée au point qu'on s'agenouille ainsi devant sa dépouille ? Même si elle s'efforçait de mettre son vieux mari président sur la sellette, c'est elle qui est devenue la figure emblématique du péronisme. Ma mère avait sans doute raison de dire que la mort prématurée, la charité et la beauté aident à sanctifier l'idole.

Le lendemain de cette orgie de lecture, j'ai dormi presque toute la journée. Plus tard, j'ai lu le recueil de poèmes de Sara Cohen. Elle y parle de son grand-père roumain, un Juif qui, pour échapper à la Shoah, s'est réfugié en Italie, puis en Argentine. Une vie complète à tisser le fil invisible des origines. Quand on émigre, on veut planter notre arbre généalogique en terre inconnue pour qu'il fasse de nouvelles racines, afin de redonner vie à ce qui s'est perdu en route. Mes grands-parents ont aussi émigré, non pas à l'étranger mais dans leur propre pays. Ils sont partis des environs de Montréal pour s'établir à Ville-Marie. Au nord. Mes parents sont ensuite partis de Ville-Marie pour s'établir encore plus au nord, à Noranda. Et moi, j'ai fait de nombreux zigzags entre le Nord et le Sud. À Montréal, d'abord, pour étudier, me marier, avoir un enfant, corriger des épreuves dans une maison d'édition.

Il y a une dizaine d'années, j'ai caressé le projet de retourner vivre dans ma ville natale sous prétexte d'aider mes vieux parents malades. Au fond, je voulais surtout fuir ma vie, prendre l'air. J'ai même essayé très fort de convaincre Antoine, mon mari, qu'on s'installe dans le Nord pour de bon. Vas-y si tu veux, m'a-t-il dit, moi, je reste à Montréal. Je suis partie seule sur un coup de tête, mais je ne suis pas restée longtemps, une semaine peut-être. Au retour, j'ai conduit d'une traite jusqu'à Montréal, le CD de Roy Orbison à pleins tubes dans mon auto, légère comme un colibri qui va passer l'hiver au Mexique. Ma vie était restée en suspens pendant mon séjour là-bas, je n'avais même pas téléphoné à Antoine. Voir mes parents reclus et décrépits m'avait d'abord paralysée, mais je m'étais vite ressaisie. Il faut vivre pendant qu'on vit, je ne pars plus, ai-je dit à Antoine en rentrant dans l'appartement. Partir m'a fait du bien, c'est tout ce que j'ai ajouté avant qu'on ne s'abîme dans le lit.

L'idée d'émigrer dans mon lieu d'origine, de faire la route en sens inverse m'était vite apparue vaine. C'est ici que j'ai choisi de vivre, m'étais-je dit le lendemain de mon retour à Montréal, j'ai un mari, un fils, une belle-fille, des petits-enfants près de moi. Je me suis mise dans une cage de verre qui m'empêche de respirer, mais je peux la briser sans avoir à m'expatrier, je n'ai qu'à descendre au plus profond de moi. En retournant vivre à Rouyn-Noranda, je n'aurais fait que déplacer plus au nord mon mal de vivre.

Cette escapade avait tout de même réveillé en moi

une sorte d'énergie, celle-là même que j'ai ressentie il y a quelques mois en montant dans l'avion pour Buenos Aires. J'ai emporté avec moi des doutes sur mon irréversible décision. Est-ce que je me fuis moi-même, est-ce que j'émigre véritablement, est-ce que je tiendrai le coup ?

4

Sur les conseils de mon amie Flavie, qui est allée plusieurs fois à Buenos Aires, j'ai cherché sur Internet un appartement dans les quartiers du nord de la ville. Palermo ou Recoleta, ce sont les moins dangereux pour une femme seule, m'avait-elle dit. Femme seule parce que veuve devenue, j'ai écouté Flavie et j'ai loué un studio dans Recoleta, le quartier d'Eva Perón. Elle a habité l'Avenida Callao le long de laquelle est situé le cimetière de Recoleta, là où a fini par aboutir son cercueil. Même si, à la suite de longues pérégrinations transocéaniques, le cadavre d'Eva est rentré au bercail avec le nez cassé et un doigt en moins, on a pu l'identifier grâce au formol, qui avait bien joué son rôle.

Ce cimetière est loin d'être en rangées de stèles bien droites plantées dans du gazon à l'ombre des cyprès. C'est plutôt un village de poupées dont les rues sont bordées de maisonnettes. Quand on s'y promène, on sent la présence des squelettes, on les imagine vaquant à leurs occupations post-mortem. La première fois que j'y suis allée, je me suis recueillie devant la maison où Eva Perón dort dans son cercueil. Je me suis demandé s'il était en verre comme celui de la couverture du *Paris Match* de ma mère. Je n'entre pas souvent dans le cimetière, mais je le longe quand je vais faire un tour juste à côté, au *Centro cultural*. Il y a là une salle d'exposition vivante et moderne qui porte le nom de Cronopios, ces petits bonshommes dans la marge qu'a inventés Cortázar. Puis, pour me libérer complètement de tous ces morts, je m'attable à une terrasse qui donne sur le mauve parfait des fleurs des jacarandas longeant l'Avenida del Libertador.

Même si mon studio est petit, je m'y sens plus à l'aise que dans l'appartement de Montréal, devenu trop grand et trop chargé de souvenirs après le décès d'Antoine. Je l'ai vendu en même temps que l'auto. Je me suis aussi débarrassée des vestiges de mon ancienne vie, de tous mes meubles, de mes livres, ce qui m'a propulsée dans un nirvana suprême. En apesanteur. Pour mieux côtoyer le néant, franchir avec élégance la frontière du non-retour, faire un pied de nez à la sénilité, profiter de ma liberté avant que la démence me rattrape. C'est dans cet état de *high* total que j'ai décidé de partir au loin, convaincue qu'à distance la solitude me régurgiterait du temps.

Alors, j'ai fait ma petite valise pour Buenos Aires. À l'aéroport de Montréal, j'étais redevenue l'adolescente qui part loin de chez elle étudier dans une grande ville. Presque vingt-quatre heures plus tard, en descendant du taxi devant mon appartement de la rue French, j'ai senti mon cœur se mettre à battre à tout rompre. Je n'en ai plus pour très longtemps, me suis-je dit, mais ce n'est pas grave. C'est un vrai *thrill* de ne pas savoir comment tout finira, comment il faudra vivre et peut-être mourir aux antipodes de la planète, comment apprivoiser ma solitude finale, celle qui boucle toute vie sur terre. Cela arrive exactement comme dans un polar dont on connaît le dénouement dès le début. Ce qui m'aiguillonne, me garde en vie, c'est de me perdre dans les chapitres précédant ma mort.

Je crains la mort avant la mort, comme ce qui est arrivé à ma mère. Je n'aime pas cette idée, pas du tout, mais c'est de l'ordre du possible. De là ma décision de devancer ma disparition s'il le fallait. Je ne serai plus là, j'aurai fui en douce les spectateurs de ma dégénérescence. Pour l'instant je suis en sursis. Longtemps, je me suis retenue d'aller dans un pays lointain refaire ma vie. Mariée, rivée à mon fils Léonard, à mon métier de correctrice d'épreuves que j'adorais, lequel me permettait de faire ce que j'aime le plus au monde, lire des romans, des essais, de la poésie. Maintenant que j'avais pris ma retraite, je pouvais accepter de petits contrats de révision, travailler chez moi, à mon rythme, n'importe où dans le monde, tout ça grâce à la magie du wifi. Plus rien ne m'empêchait de fuir pour de vrai.

J'ai souvent déménagé dans Montréal, quinze fois peut-être. En vraie nomade de la ville, j'ai habité dans presque tous les quartiers, dans toutes les directions, de Notre-Dame-de-Grâce à Hochelaga-Maisonneuve, du Plateau-Mont-Royal à Ahuntsic en passant par Villeray. Maintenant le yoyo s'arrête ici, au huitième étage de cet immeuble de la rue French, à Buenos Aires, entre Sánchez de Bustamante et Coronel Díaz, pas tellement loin du cimetière de Recoleta où est enterrée l'idole de ma mère.

El ídolo, c'est masculin en espagnol.

5

À la télé, je ne me lasse pas de regarder TN, un genre de CNN ou de LCN à la *salsa argentina*. On y voit en alternance des discussions animées sur les politiciens qui font des esclandres et des reportages en direct sur les crimes les plus banals et les plus odieux. On interroge l'expert, l'homme de la rue, les voisines qui disent toutes qu'elles n'auraient jamais pensé qu'une chose si abominable puisse arriver. Mais les samedis et les dimanches soir, je regarde des biographies de grands artistes. Avec une désinvolture et une aisance qui me fascinent, ils racontent des anecdotes sur leurs amours, leur famille, leurs dépendances, leur carrière. Un soir d'octobre, c'était l'artiste-performeuse Marta Minujín, même âge que moi, soixante-dix ans, lunettes fumées, tignasse blonde, jean léopard bien serré, qui parlait de son installation nouvellement inaugurée à la Plaza Alemania. Le lendemain, comme ce n'était pas très loin de chez moi et qu'il faisait beau, j'ai décidé de m'y rendre à pied par la grande avenue del Libertador.

Le parc était bondé, on aurait dit un rassemblement familial. Des jeunes, des vieux, des poussettes, des étudiants, ça bougeait, ça courait devant la reproduction gigantesque d'un temple grec, un genre de Parthénon. Depuis l'armature métallique des colonnes, des gens nous lançaient des brochures dans lesquelles il y avait des citations sur la paix colligées par Minujín. Cette folie argentine n'a pas de limites, c'est ce que je me suis dit en recevant un exemplaire par la tête. Près de moi, il y avait un homme dans la trentaine avancée et un enfant d'environ deux ans. Je me suis demandé si c'était son fils.

L'homme attrapait les brochures, les rangeait à mesure dans un panier sous la poussette. Le petit riait à tous les coups, je riais moi aussi, prise au jeu. Je lui ai demandé spontanément pourquoi il amassait ainsi les brochures. *La paz*, m'a-t-il répondu, ajoutant la question immanquable : *¿De dónde es? Tiene un lindo acento especial.* Je viens de Montréal, c'est ce que j'ai répondu, comme je réponds sans cesse à ceux qui ne manquent pas de me rappeler que j'ai un « joli accent spécial ».

C'est ainsi que j'ai fait ma première rencontre dans mon nouveau pays. Dès que j'ai eu dit le mot *Montréal*, les valves se sont ouvertes toutes grandes et le jeune homme m'a raconté sa vie en quelques phrases sans que je lui aie demandé quoi que ce soit. Après avoir passé deux ans à Montréal, il aurait voulu émigrer pour de bon. Mais il était devenu père de ce petit garçon, et tout s'était mal passé parce que la mère était tombée malade. C'est grave, ce qu'a eu la maman ? Oui, très, a-t-il répondu, elle était dépressive.

Il allait ajouter quelque chose, mais il a changé de sujet et je n'ai pas insisté. *¿Y usted, por qué vino aquí?* Pourquoi je suis venue ici? C'est long à raconter, lui ai-je répondu, ce n'est pas simple. Alors il m'a proposé de marcher un peu à travers le parc et d'aller prendre un café non loin dans une boulangerie, au Pain quotidien. J'ai tout de suite accepté, mais en traversant la rue Cavia, je me suis demandé si je ne me faisais pas arnaquer. « Ne parle pas à des inconnus », cette petite phrase de ma mère, a rebondi dans mon cerveau. Puis je me suis ravisée en pensant que j'avais souvent parlé à des inconnus sans me faire rouler. Ce sont plutôt des proches qui m'ont parfois trahie. On ne peut trahir ceux qu'on ne connaît pas encore. Je me demandais bien ce que cet homme si affable voulait de moi, mais j'ai enfoui mes appréhensions.

Je n'arrêtais pas cependant de penser que je mettais un doigt dans un engrenage même s'il y avait quelque chose chez cet homme qui m'attirait. Le petit s'était endormi, j'ai fini par me laisser aller, les arbres étaient en fleurs et le ciel de Buenos Aires était aussi limpide que celui d'Abitibi par un après-midi de janvier sous zéro. Pourquoi ne pas profiter de cette rencontre pour améliorer mon espagnol?

Tout en marchant, on a parlé de choses très ordinaires, comme si on se connaissait depuis longtemps. Soudain, j'ai dit, comme ça, qu'on ne s'était pas présentés. C'est bien vrai, moi, c'est Alejandro Sánchez et lui, c'est mon fils, Federico. Et vous, vous vous appelez comment? Éveline Perron. Il n'a pas bronché, ne m'a pas demandé de répéter mon nom comme tout le monde depuis mon arrivée à Buenos Aires. Mon accent semblait l'amuser et il m'écoutait avec indulgence sans jamais me reprendre même si je me trompais parfois dans mes temps de verbe, surtout dans les subjonctifs imparfaits qui sont restés bien vivants en espagnol.

Je lui ai raconté un pan de ma vie, où j'étais née, mon mari décédé, mon fils dans la quarantaine avancée qui venait de se remarier avec une jeune femme, mes deux petits-enfants, mon travail de correctrice d'épreuves. Je ne savais pas comment dire ce mot en espagnol, et il est venu à mon secours, *correctora de pruebas*. Alors vous avez eu beaucoup d'épreuves dans votre vie ? a-t-il demandé avec un sourire narquois. C'est vrai, l'ai-je relancé, en français le mot *épreuve* peut vouloir dire « souffrance » ou « essai ». Je cherchais mes mots et il a continué ma phrase avec beaucoup d'élégance. Alors qu'en espagnol, a-t-il poursuivi, le mot *prueba* n'a qu'un sens, celui d'« essai ». J'étais estomaquée de son explication, mais je n'ai pas eu le temps de lui poser de questions parce qu'il a enchaîné en me racontant qu'il était né à Córdoba, au nord-ouest de Buenos Aires. Córdoba, ai-je dit en m'étouffant presque. Les parents de Diego, le mari de ma petite-fille Margot, viennent de cet endroit. Quelle coïncidence ! Il faudra que j'y aille un jour. Autre coïncidence, ai-je renchéri, je suis née dans le nord-ouest du Québec. Comme ça, a-t-il dit, narquois, vous venez d'Abitibi ? Vous y êtes déjà allé ? lui ai-je demandé, un peu étonnée. Non, mais j'avais eu un contrat pour jouer là-bas juste au moment où j'ai dû revenir en Argentine. Vous jouez de quel instrument? Du bandonéon, voyons – comme si ça allait de soi. Je fais partie d'un groupe de tango, je suis musicien.

Je n'en revenais pas, non seulement il connaissait Montréal, mais le nom *Abitibi* lui était familier. Chaque fois que je fais un voyage à l'étranger, lui ai-je dit, que ce soit au Mexique ou à Paris, je rencontre quelqu'un d'Abitibi. Vous êtes des nomades, c'est normal, a-t-il répliqué. Nous sommes des insulaires terriens, je pense, c'est sans doute à cause de cet isolement que nous voyageons beaucoup. Le monde est un dix cennes, disait ma mère qui ne s'était jamais aventurée plus loin que les chutes du Niagara. Ça, c'est bien vrai, a dit Alejandro au moment où nous arrivions devant le Pain quotidien.

Nous y sommes entrés en faisant bien attention de ne pas réveiller le petit et nous avons commandé des cafés et des *medialunas,* ces croissants qu'on voit dans les vitrines des cafés à Buenos Aires. Alors, vous vous appelez Éveline Perron, a dit Alejandro dans un accent québécois pure laine. J'ai ri, je lui ai proposé qu'on poursuive la conversation en français, mais il ne m'a pas écoutée et il m'a demandé à brûle-pourpoint pourquoi mes parents m'avaient appelée Éveline. Votre mère, a-t-il dit, connaissait sûrement la nouvelle « Eveline » dans les *Gens de Dublin*? Je pense à ça tout à coup, parce que, dans cette triste histoire d'amour que James Joyce raconte, son Eveline devait venir à

Buenos Aires pour rejoindre son amoureux. Vous connaissez bien la littérature, ai-je rétorqué, pour savoir tout ça et surtout pour avoir lu Joyce. Oh oui, a-t-il répondu, les livres me passionnent. Et votre mère, elle connaissait James Joyce ? Non, ai-je répondu, nous avions accès à très peu de livres chez nous. J'ai un peu honte de l'avouer, mais moi-même qui ai étudié en lettres et lu toute ma vie, je n'ai jamais réussi à me rendre au bout d'*Ulysse*. Les dialogues m'ont toujours découragée, je n'y croyais pas à cause de la traduction en français de France que je comprenais plus ou moins. J'ai même tenté de le lire en anglais, mais j'en arrachais davantage avec ce dialecte étrange. Alors, a dit Alejandro, dites-moi pourquoi votre mère vous a appelée Éveline. Ce n'est pas très romantique, ai-je répondu, ma mère m'a raconté que ce prénom lui rappelait celui d'une cousine aviatrice qu'elle admirait beaucoup. Je ne sais pas si tu le sais, ma fille, me disait-elle, mais être aviatrice à New York au début des années quarante, c'était tout un exploit. Vous êtes drôle, a dit Alejandro. Et il a ri en dévoilant ses incisives un peu espacées. On a ensuite parlé de nos vies antérieures comme le font les gens qui se rencontrent pour la première fois. Son histoire était triste, mais il la racontait avec détachement.

    Le petit Federico s'est réveillé et a commencé à montrer des signes d'impatience. On part dans une minute, lui a dit Alejandro en se penchant vers lui avec tendresse. Vous devriez quand même lire *Gens de Dublin*, m'a-t-il conseillé avant qu'on se quitte, je suis sûr que vous aimerez ces nouvelles, surtout « Eveline ». En sortant du Pain quotidien, je le lui ai promis. Puis nous sommes partis chacun de notre côté.

En rentrant chez moi, je continuais de me demander pourquoi ce bel homme dans la trentaine s'intéressait à une mamie comme moi. Il est si gentil, me suis-je dit, il pourrait être mon fils. Fomente-t-il quelque chose ? Mon fleuriste italien m'a fait un grand sourire quand je suis passée devant son kiosque. J'ai du beau jasmin, m'a-t-il dit, c'est un parfum pour le cœur. Le bouquet trône au centre de la table sur un petit napperon brodé par ma mère il y a très longtemps.

6

Le lendemain de ma rencontre avec Alejandro, j'ai décidé d'aller me faire coiffer. Je dois me faire couper les cheveux, absolument, me suis-je dit, ils sont trop longs, trop n'importe comment, j'ai l'air d'une vieille gribiche. Je suis partie un peu au hasard et non loin du cimetière de Recoleta, j'ai repéré un salon de coiffure, rue Junín. Dans la vitrine, c'était écrit *Sin citas previas*, c'est-à-dire « sans rendez-vous ». Comme il n'y avait personne, je suis entrée, et la jeune fille a accepté de me coiffer sur-le-champ. Elle avait à peine vingt ans, ce qui m'a surprise, parce que c'était un salon ordinaire, un peu vieillot même, dans lequel on s'attend à ce que la coiffeuse soit plus âgée. J'aime les coiffeuses qui ont tout vécu et entendu et à qui on peut tout dire. Ce sont mes « psycoiffeuses ». Comme les écrivains publics, elles écoutent les histoires de tout le monde pour se constituer une réserve infinie d'anecdotes qui se mêlent aux effluves du shampoing et du fixatif.

Je m'appelle Mafalda, a dit d'emblée ma coiffeuse, jolie et mal coiffée. Contaminée peut-être par les questions d'Alejandro sur l'origine de mon prénom, je lui ai demandé pourquoi elle s'appelait Mafalda. Les mères donnent souvent des noms d'idole à leurs enfants, ai-je pensé. C'était l'idole de votre mère ? ai-je crié pour contrer les décibels du séchoir. ¿*Qué dice, es demasiado caliente, señora*? Non, ai-je répondu, ce n'est pas trop chaud, je disais simplement que votre mère devait adorer Mafalda. Pas du tout, a-t-elle répondu, c'était le nom de mon arrière-grand-mère. Je n'ai jamais vu ma mère lire des bandes dessinées. Et vous, *señora*, quel est votre nom ? Éveline Perron. Son séchoir s'est arrêté net et elle m'a demandé de répéter. Elle ne comprenait toujours pas et elle m'a apporté un bout de papier pour que je l'écrive. Mon nom ressemble à celui de la célèbre Eva Perón, ne trouvez-vous pas, Mafalda ? ¿*Eva Perón? No la conozco*. Tu ne la connais pas ? Tous les Argentins la connaissent, voyons. Je viens d'arriver à Buenos Aires il y a quelques semaines seulement, a-t-elle dit avec un grand rire sonore. Elle a remis le séchoir en marche, puis elle s'est renfrognée en accélérant le rythme.

N'eussent été du vacarme et de ma connaissance limitée de l'espagnol, j'aurais pu changer de sujet, lui parler de choses que dénonce Mafalda, comme la déformation des globes terrestres et des cartes géographiques, lui avouer que je devais cette prise de conscience tardive à ce déluré personnage. Pour moi, l'Orient ou l'Occident référaient toujours à des pays de l'hémisphère nord en lien avec l'Europe, ce tentacule universel qui s'est donné droit de vie ou de mort sur la terre entière à partir de son nombril. On m'a enfoncé dans le crâne que les Espagnols, les Français et les Anglais étaient les peuples fondateurs de l'Amérique, passant quasiment sous silence qu'avant Christophe Colomb, des êtres humains, des sauvages, comme on les appelait, avaient parcouru, habité et développé ce grand continent.

Je mijotais dans ma tête pour la centième fois cette question des points cardinaux quand Mafalda m'a ramenée illico dans la réalité de son salon en me demandant si je voulais du fixatif. Oui, oui, ai-je répondu, pour que ça tienne. Une fois pomponnée, je l'ai suivie à la caisse. *Cincuenta pesos, por favor.* J'ai ajouté un généreux pourboire et je suis sortie toute fière de mon nouveau look.

Le vert tendre des feuilles, ce vert grenouille qui n'apparaît qu'au printemps dans mon pays, m'a mise dans l'euphorie, et m'a donné le goût de flâner. La devanture d'un snack-bar peinte de ce même vert tendre, angle Junín et French, m'a attirée. J'y suis entrée et quand j'ai commandé un hamburger, le garçon a eu l'air très surpris. J'ai attendu longtemps qu'on m'apporte mon repas, j'avais l'impression de déranger le cuisinier. Je ne savais pas encore à quelle heure il fallait se pointer pour manger en même temps que les autres. Déjà, je m'étais fait expulser d'une pizzeria à dix-neuf heures trente. On ferme, voici l'addition, vous pouvez apporter la pointe qui vous reste. Quand je reverrai Alejandro, si jamais je le revois, je lui demanderai de m'expliquer tout ça, me suis-je dit.

Le garçon a déposé machinalement un énorme hamburger devant moi. J'ai eu à peine le temps de l'entamer que l'addition a atterri sur la table. Nous fermons, a dit le garçon. *Efectivos solamente,* a-t-il ajouté quand je lui ai présenté ma carte de guichet. Oh! il faut payer comptant, ai-je dit, je n'avais pas prévu ça. J'ai fouillé dans mon sac et j'ai réussi à réunir la somme requise. Après avoir été presque éjectée dans la rue, j'ai flâné jusque chez moi.

Devant l'entrée de mon immeuble, une femme faisait le pied de grue. À peine avais-je sorti mes clés qu'elle s'est approchée pour me signaler qu'elle avait oublié les siennes. J'habite ici, m'a-t-elle dit en français, j'attendais désespérément que quelqu'un arrive. Je sonne et je sonne, mais la concierge ne répond pas. Comment savez-vous que je parle français? lui ai-je demandé. Ah! votre nom est inscrit sur votre case postale, à l'entrée. Vous avez un nom français. Mais comment saviez-vous que c'était moi? ai-je répliqué. Vous êtes ma voisine de palier, je vous ai entendue dire des gros mots en français une fois que vous n'arriviez pas à ouvrir votre porte.

Je veux bien que vous restiez avec moi dans le vestibule, ai-je dit, mais comment entrerez-vous dans votre appartement? J'attendrai dans le hall, m'a-t-elle répondu. J'imagine que la concierge arrivera bientôt. Elle avait le goût de parler et je suis restée auprès d'elle. Je ne sais pas pourquoi des inconnus s'adressent à moi pour me raconter leur vie. J'ai peut-être une tête de coiffeuse, allez savoir.

Elsa – c'était son prénom –, qui avait appris son français en Italie, m'a dit qu'elle serait ravie de pouvoir le parler avec moi. Alors que moi, *señora* Elsa, je préfère parler espagnol, parce que j'ai besoin de m'améliorer, surtout pour me familiariser avec votre drôle d'accent argentin. Elle a ri d'un rire tonitruant et m'a assuré qu'on allait s'entendre et que je pouvais sonner chez elle si j'avais besoin de quoi que ce soit. Nous sommes voisines, ne vous gênez pas, je vous le répète.

La concierge n'arrivait pas, nous nous sommes assises sur un banc près des cactus placés en rangs d'oignons devant l'énorme vitrine astiquée. J'en ai profité pour l'interroger sur les horaires des restaurants. Ah! m'a dit Elsa, les Argentins mangent très tard le soir. Les restos ne s'animent vraiment que vers vingt-deux heures. Au Cabernet, où je vais souvent, par exemple, les gens n'arrivent que vers vingt-trois heures ou minuit. Ouf, moi qui ne sors jamais seule le soir, je n'irai pas souvent au restaurant, ai-je dit. Si vous voulez, on ira ensemble un de ces soirs, a offert Elsa. Le Cabernet n'est pas tellement loin, près de la Plaza Cortázar, rue Borges. Ça me manque à moi aussi, le resto.

Quand la concierge est arrivée, les bras chargés d'emplettes, tout essoufflée, je commençais à parler de Mafalda à Elsa, non pas de la coiffeuse, mais de la bande dessinée. Ça m'intéresserait de savoir comment vous voyez l'Europe, l'Amérique du Nord, tout ça. Grande question, a-t-elle dit, mais je vous avoue que je ne pense jamais à ça. L'histoire, la géographie, la politique, tout ça… Et on s'est quittées en promettant de se revoir. N'hésitez pas! … euh, votre prénom, pouvez-vous me le répéter? Éveline, comme Eva, votre *santa Evita,* ai-je précisé. Ah! cette Eva, on n'en sort pas! a-t-elle dit en s'esclaffant, puis elle est entrée chez la concierge pour récupérer sa clé.

7

Cette nouvelle coupe de cheveux m'avait ragaillardie. Après une longue marche au soleil du printemps, et malgré mes quelques bouchées de hamburger – qui avaient passé tout droit –, j'avais très faim. Mon frigo était à peu près vide, un peu de lait, du beurre, pas de pain, pas de légumes, pas de restes à grignoter.

Je me suis rendue au supermarché Carrefour, sur Santa Fe, mais même après avoir fait deux fois le tour du magasin, je n'arrivais pas à trouver le pain. Suis-je déjà en train de perdre mes repères ? Saurai-je quand stopper tout cela ? C'est ce que je me demandais quand une femme aux cheveux frisés foncés m'a souri au bout d'une allée. Vous cherchez quelque chose ? Oui, je ne trouve pas le pain tranché ordinaire. À vous entendre, on dirait que vous êtes française, a-t-elle répondu en français, avec un fort accent du sud de la France. Oui, oui, je parle français, ai-je répondu. Ah ! je vois que vous venez du Québec, a-t-elle dit en souriant, sans doute amusée de mon étonnement. J'y suis allée il y a quelques années, je reconnais cet accent chantant. Mais vous aussi, Madame, vous avez un accent chantant. Suivez-moi, a-t-elle repris aussitôt, comme si elle n'avait pas entendu ma remarque, je vais vous montrer où sont les pains emballés. Ils les ont déplacés il y a quelques jours, je ne sais trop pourquoi. Ah! je suis soulagée, ai-je dit, je croyais que je perdais la mémoire. Vous avez peur de perdre la mémoire? Oui, chaque fois que j'oublie quelque chose, je pense que je suis sur la route de l'alzheimer. Venez, ne vous en faites pas, vous ne pouviez pas savoir. Et puis, l'alzheimer, ça commence de façon bien plus insidieuse. Ne dites pas ça, vous m'effrayez encore plus, ai-je répondu.

Alors qu'on zigzaguait dans les allées, de but en blanc, elle m'a demandé si j'avais des dollars américains. Oui, bien sûr que j'en ai, vous en avez besoin? Non, a-t-elle répondu, mais n'allez jamais les vendre dans la rue Florida, où plein de gens sollicitent les étrangers pour les acheter deux fois moins cher que ce qu'offrent les banques. On appelle ça le *blue dollar*, et même si c'est illégal, c'est complètement toléré, comme beaucoup de choses ici. Je voulais vous mettre en garde au cas où vous y iriez. Mais ne craignez rien, Madame, je n'ai pas l'intention d'aller vendre des dollars dans la rue Florida. Je suis trop peureuse! Alors si jamais vous en avez à vendre, y a pas de souci, je vous les achèterai et vous ne courrez aucun risque, faites-moi confiance, a-t-elle ajouté d'un air décontracté.

Je me méfiais un peu de cette femme qui s'enquérait de mon accent et de mes dollars, mais j'ai vite constaté qu'elle avait surtout le goût de parler français. Nous avons déniché le pain, puis elle m'a entraînée dans le dédale du Carrefour pour m'expliquer un peu comment tout cela fonctionnait. Je m'appelle Violaine, c'est l'accent spécial de votre espagnol qui m'a attirée. Et puis, vous aviez l'air un peu perdu d'une touriste. Moi, c'est Éveline, ai-je dit. Et je gage que vous, vous venez du sud de la France. Très perspicace, Éveline, a-t-elle lancé en éclatant de rire. Du coup, je vous ai peut-être fait peur, a-t-elle repris, avec mon *blue dollar*, mais je mets tout le monde en garde parce que j'ai une amie qui s'est déjà fait attraper.

Sans plus d'explications, Violaine m'a dirigée vers l'affolante section des viandes. Vous devez vous rendre compte, Éveline, qu'il y a ici plein de coupes de bœuf inconnues tant en France qu'au Canada, j'en suis sûre : des estomacs de vaches, des tripes, des cœurs. Tout le corps du bœuf peut s'apprêter, sauf les yeux, et encore. Je sais, ai-je répondu, c'est l'aliment de base ici, mais ça tombe mal pour moi qui suis devenue presque végétarienne en vieillissant. Ne dites pas que vous êtes vieille. Vous paraissez en forme avec vos cheveux bien coiffés. Les cheveux courts, ça rajeunit toujours. Facile à dire, ai-je répliqué, vous êtes à peine dans la quarantaine. À votre âge, je ne pensais pas encore que mon esprit et ma peau allaient ratatiner comme ça.

On a continué de bavarder devant la caisse comme de vieilles connaissances, au bout d'une file qui allait jusqu'au fond du magasin. Avec Violaine, j'avais la même impression de connivence qu'avec Alejandro.

Au bout d'une demi-heure, nous sommes enfin sorties sur Santa Fe. Elle m'a raccompagnée quelques minutes, puis, au coin de Coronel Díaz, elle s'est arrêtée devant sa voiture. Je dois filer, a-t-elle dit en mettant ses sacs d'épicerie dans le coffre. Donnez-moi votre numéro de téléphone, nous pourrions visiter des musées ensemble, ce n'est pas ce qui manque à Buenos Aires. Vous me direz ce qui vous intéresse, je n'ai pas beaucoup d'occasions de parler français. La France me manque par moments... Ça me ferait plaisir de vous revoir. Et moi, j'aimerais parler espagnol, ai-je répliqué en lui griffonnant mon numéro de téléphone sur un bout de papier. Je vous appelle, c'est certain. Violaine s'est aussitôt engouffrée dans sa petite Fiat rouge cerise.

Cette rencontre inopinée avait relancé ma réflexion sur mon projet de rester à Buenos Aires pour toujours, de partir en douce. Au fond, je désirais profiter de ma dernière solitude, comme je me l'étais répété souvent avant de partir. Mais voici que je rencontre une femme qui a choisi de venir à Buenos Aires non pas pour y mourir, mais pour y faire sa vie. Ça se fait donc, me suis-je dit, émigrer pour de vrai en Argentine. Mais Violaine était bien plus jeune que moi quand elle a pris cette décision. En passant devant le miroir de l'entrée, j'ai vu dans mon visage les traits de ma vieille mère en perte de sa mémoire. Un rictus. Vais-je sombrer comme elle dans le magma du passé? Je préférerais le néant tout court, celui de la mort, mais comment arriver à contourner la déchéance? Elle dormait le jour, ne faisait plus de mots croisés, répétait les mêmes formules toutes faites du genre : La mort est la plus grande justice. Regarde, Éveline, les vedettes d'Hollywood, les reines, si belles autrefois, elles finissent toutes par ratatiner elles aussi. Elles ont beau se faire arranger le visage, elles meurent avec leurs rides camouflées.

Ne pas faire ce qu'elle faisait, faire ce qu'elle ne faisait pas, c'est mon objectif quotidien. Par exemple, je ne fais pas de siestes, c'est le plus important. Dans sa phase avancée d'alzheimer, ma mère se couchait souvent le jour pour éviter, disait-elle, que mon père ne la surprenne à oublier une casserole sur le feu. Elle, autrefois si adroite, n'arrivait plus à couper les légumes, qu'elle jetait en gros quartiers dans sa soupe en y ajoutant parfois des raisins verts. C'est meilleur pour la santé, disait-elle en rigolant, des fruits dans la soupe. C'est délicieux, tu devrais faire ta soupe comme ça, toi aussi, Éveline. Dans ces éclairs de bonne humeur, j'oubliais sa pénible maladie. Parfois, par contre, elle se fâchait, elle qui n'avait jamais eu de colère. Mon père était le spécialiste de la colère et, quand ma mère s'est mise à lui dire des gros mots, il s'en est offusqué. Ce n'est pas normal, râlait-il, elle me vole mes sacres. Il y a bien longtemps qu'elle aurait dû se fâcher, ai-je pensé, ça l'aurait peut-être empêchée d'avoir cette terrible maladie. À force d'essayer de tout effacer, elle est tombée dans le rien.

Je fais aussi des tonnes de mots croisés et je lis avidement tout ce qui me tombe sous la main. Ma mère a commencé à perdre ses moyens le jour où elle a abandonné ses mots croisés. C'est trop difficile, avait-elle dit, je n'en fais plus. Puis elle a cessé de lire sous prétexte qu'elle avait une moins bonne vue. Je ne sais pas pourquoi tout ça me revient tout à coup. J'ai fait bien pire qu'elle, j'ai quitté les personnes que j'aime, mon fils, mes petits-enfants, mes amis. Je ne ferai peut-être pas mieux qu'elle, et ma tête mourra avant mon cœur. Ou bien l'inverse, on verra.

Il y a quelques années, un peu après ma tentative avortée d'aller m'installer dans le Nord près de chez mes parents, j'ai reçu un appel au secours de mon père. Par un beau matin du mois de juin, nous avions traversé le parc La Vérendrye, Antoine et moi. Devant le soleil bleuté qui éclaboussait le pare-brise, je m'étais mise à chanter « *Oh what a beautiful morning, oh what a beautiful day* » comme le faisait la famille du film *Oklahoma!* en se promenant dans des champs de maïs à perte de vue. Chaque fois que je filais sur la 117 Nord, une poussée d'adrénaline me venait, augmentant à mesure que j'avançais vers ce non-lieu plein d'espace. Tu fais bien de te doper le moral avant d'arriver, m'avait dit Antoine, toujours très lucide et pessimiste. Tu n'auras pas la partie facile, je te préviens. Mais c'est ton choix.

Antoine n'avait pas voulu rester. Quand tu en auras assez, m'avait-il dit, je reviendrai te chercher, je ne veux pas me mêler de ça. Ne reste pas trop longtemps, c'est toi qui vas mourir. Il m'avait aidée à m'installer à l'hôtel Albert, puis nous étions allés saluer mes parents, qui auraient mieux aimé que je dorme chez eux. Antoine était rentré à Montréal dès le lendemain. Fais attention à ton père! Pourquoi dis-tu ça? C'est ma mère qui est en cause. Oui, je sais, Éveline, mais c'est ton père qui te donnera du fil à retordre, tu le sais bien. Il veut que tu fasses pour lui ce qu'il aurait à faire. Quoi? Il veut que tu prennes en charge son placement en foyer, il est au bout du rouleau, il veut sauver sa peau.

C'est Antoine qui avait raison.

8

Sur mon balcon de Buenos Aires, je perds mes repères parce qu'en plein milieu de l'après-midi, c'est au nord et non au sud que se prélasse le soleil. Mes hibiscus fleurissent. Rien à voir avec la fin d'automne de mon enfance, qui s'enfonçait dans l'obscurité à mon retour de l'école. Dès la mi-novembre, ma mère, éternelle optimiste, commençait sa litanie des fêtes. Aux Rois, un pas d'oie, comme pour forcer la lumière à dévoiler un autre pan de ciel bleu chaque jour.

J'ai souvent rêvé du pôle Sud, jumeau du pôle Nord de mon père, celui qui l'attirait. Le nord qu'il ne fallait jamais perdre afin de ne jamais se perdre. Surtout en plein bois, ajoutait-il. Imagine qu'en Argentine, papa, les boussoles pointent leur aiguille vers le sud pour indiquer le nord magnétique. Pour s'y perdre.

Quand je m'assois sur mon balcon, je suis dans l'envers de l'automne. Avec tout ce bruit me revient comme un ver d'oreille cette façon qu'avait ma mère de prononcer le nom *Buenos Aires*. Elle disait *Bouaïnos Aïraïs* en accentuant la diphtongue. J'entends sa voix distinctement, exactement comme je vois, dans la maison de Noranda, l'image d'Eva dans son cercueil de verre, posée sur la table de la cuisine, en cet après-midi de 1952, parmi les taies d'oreiller et les nappes bien empilées.

Alejandro continuait de me trotter dans la tête. C'est incroyable pour moi, m'avait-il dit au Pain quotidien, de voir que là-bas, dans un petit coin d'Abitibi, quelqu'un ait connu Eva Perón. Je venais de lui raconter que ma mère avait un trémolo dans la voix quand elle parlait d'Eva Perón. Elle disait, les yeux brillants, qu'il s'agissait de la plus charitable des femmes de la terre. Mais, m'étais-je reprise, ce n'est pas très intéressant, tout ça, pour vous. Non, non, continuez, j'aime que vous me parliez de votre mère. Je me demande aussi ce qui vous a décidée à venir en Argentine. Une autre fois, avais-je répondu.

J'étais restée sur mes gardes, je craignais de trop en dire. Mais j'étais si bien avec lui que j'aurais pu passer des heures à parler des cartes postales de ma mère qui, enfant, me faisaient voyager. Certains jours de canicule, ma mère m'amenait dans le salon sombre pour qu'on regarde ensemble ses fameux gros albums. Mariée sur le tard, elle avait eu le temps de collectionner une multitude de ces cartes sépia qu'elle avait disposées minutieusement sur des pages de papier-feutre noires. J'en dégageais les coins avec minutie pour admirer au verso les timbres de France, de Suisse, de Turquie, du Liban et même d'Argentine. J'en profitais pour lire furtivement les messages. J'espère que vous allez bien. Quand je replaçais les paysages fleuris et bien aménagés d'Europe ou d'ailleurs, je songeais qu'ils étaient très différents de notre maison à Noranda, avec sa vue imprenable sur les *sheds* à charbon. On ne pouvait pas faire de carte postale de notre maison, c'était bien trop laid. Je n'osais pas le dire à ma mère, elle aimait sa maison.

L'une des cartes montrait Eva au balcon de la Casa Rosada devant une foule en délire. Tu vois, Éveline, disait ma mère, cette femme extraordinaire savait comment parler à son peuple, qui l'adorait. Moi aussi, j'aurais pu devenir célèbre, faire une carrière de pianiste ou d'actrice, mais Ville-Marie était un tout petit village, et j'ai dû travailler pour payer les études de mes frères. Toi, tu ne paieras pas les études de ton frère, tu seras instruite, et tu feras ce que tu voudras. On s'occupera de Larry nous-mêmes, il fera lui aussi ce qu'il voudra, pourvu qu'il s'instruise. La conversation s'arrêtait là, et je replaçais religieusement les cartes. Un jour, on n'a plus retrouvé ces albums. J'ai soupçonné ma mère de les avoir jetés pendant cette période où elle avait vendu tous ses meubles anciens et son argenterie pour, disait-elle, faire de la place au moderne. Elle avait peut-être eu besoin d'argent, on ne saura jamais, elle était trop fière. Ces albums resurgiront-ils un jour dans un encan ou du fond d'une garde-robe ou dans des archives inconnues ?

Oui, j'aurais pu dire tout ça à Alejandro, et bien d'autres choses encore. Ce serait pour une autre fois. Si jamais il y en avait une.

9

Au mois de novembre, à TN, Cristina Kirchner, la présidente *groovy* de l'Argentine, prenait toute la place. Pour certaines personnes, elle est la copie conforme d'Eva Perón, une véritable idole. Pourtant, cette fois, elle attirait l'attention non pas pour des raisons politiques mais pour donner de ses nouvelles, parce qu'elle sortait de l'hôpital après une grave opération au cerveau. Passait en boucle une vidéo que sa fille, Florencia, avait réalisée dans sa résidence officielle de Los Olivos. J'imaginais qu'Eva Perón, si elle avait vécu trente ans de plus, aurait pu ressembler comme une sœur à Cristina. Je soupçonne même la présidente d'être allée comme moi sur YouTube observer Eva livrant ses discours enflammés. Comme elle, Cristina sait électriser les foules massées dans la cour de la Casa Rosada. Les *descamisados* d'Eva sont les syndiqués et les jeunes péronistes d'aujourd'hui. Dans ses discours-fleuve à la Castro, Cristina ratisse encore très large en allant chercher des appuis dans la classe moyenne. Elle donne des noms, des exemples précis. Une avocate, a-t-elle dit, vient de faire son dernier paiement sur un frigo acheté grâce à l'aide de mon gouvernement. Elle exerce une sorte de pouvoir papal sur une partie de son peuple, qui en redemande, semble-t-il.

Cristina Kirchner, contrairement à Eva Perón, était déjà instruite et riche avant d'accéder à la présidence de son pays. Elle n'a pas souffert non plus d'un cancer mortel de l'utérus. Elle a seulement eu un hématome dans le crâne, qu'on lui a enlevé avec succès. C'est son mari qui est mort en premier, elle est en demi-deuil et les commentateurs de TN glosent longuement sur le fait qu'elle a délaissé le noir intégral pour se permettre un chemisier blanc transparent sous son veston noir. Dans cette vidéo, elle trônait, royale, entourée d'un bouquet de roses et d'un manchot empereur en peluche. Elle caressait un chiot bien vivant, blanc comme son chemisier. L'œil enjoué, elle parlait aussi naturellement que si elle s'était adressée à sa voisine de palier. Elle resplendissait de santé, même si on devinait que son coiffeur, son chirurgien esthétique et sa manucure y étaient pour quelque chose. La mise en scène était parfaite, le spectacle pouvait commencer.

Après avoir remercié le monde entier de l'avoir soutenue dans sa maladie, elle nous a expliqué d'où venaient les roses encore toutes fraîches qu'on voyait à gauche de l'écran. C'est Hebe de Bonafini, présidente de l'association des Mères de la Plaza de Mayo, qui, il y a un mois, me les a offertes, a-t-elle dit. Puis elle s'est tournée vers la peluche dont elle disait que c'était un cadeau d'un militant écologiste de Patagonie. Sur ses genoux, le chiot du nom de Simón en l'honneur de Bolívar frétillait en lui mordillant les cheveux. Il lui avait été promis longtemps auparavant par son grand ami, feu Hugo Chávez du Venezuela. Adán, le frère du dictateur, n'avait pas oublié la promesse, heureusement, et Cristina en a profité pour nous donner un cours d'histoire hispano-américaine : « Vous vous rappelez ce film, *Le Gladiateur,* quand le chien court aux côtés de Máximo ? Bien. Nevado, qui était comme celui-ci, combattait aux côtés de Bolívar et, une fois, les Espagnols l'ont fait prisonnier avec l'Indien qui s'en occupait. Et puis après, bien, on les a libérés, et Bolívar a continué de l'amener avec lui. Vous savez où il est mort ? Pendant la bataille de Carabobo. Il combattait alors avec Bolívar qui attaquait les Espagnols avec ses chevaux, et une flèche l'a traversé dans la bataille historique de Carabobo, celle qui a permis de libérer définitivement le continent. Je suis allée en Équateur, près du champ de bataille. » Finalement, elle nous a annoncé que le petit Simón tout mignon et tout blanc irait vivre dans sa maison d'El Calafate, en Patagonie. C'est un chien qui vit dans le froid et les hauteurs, a-t-elle expliqué. Après avoir ajouté d'autres anecdotes à sa petite causerie, elle a terminé la vidéo sans faire une seule allusion à la politique.

J'écoutais religieusement ce qu'elle disait parce qu'elle me parlait comme à une vieille amie. Elle était sortie de l'hôpital, elle était tout à fait rétablie de son hématome au cerveau, la vie pouvait reprendre son cours.

J'ai repensé à ma mère et au cancer d'Eva. C'est quand même différent. Cristina n'a pas de cancer incurable, elle n'a pas trente-deux ans. Elle sait comment charmer son public, ça oui. Cristina aurait sûrement fasciné ma mère, mais pas autant qu'Eva, parce qu'elle n'est plus très jeune et qu'elle n'est pas sur le point de mourir.

10

La première conversation que j'ai eue avec Alejandro dans la boulangerie me revenait sans cesse, par bribes. À un moment donné, j'ai interrompu Alejandro pour lui demander pourquoi il me parlait en espagnol alors qu'il parlait très bien le français. Pour voir comment vous vous débrouillez, a-t-il répondu, l'œil pointu. Alors pourquoi, Alejandro, est-ce si important pour toi que je parle espagnol? Pour Federico, il ne parle pas français. Ça tombe bien, il dort, ai-je répondu en rigolant. Très comique, grand-mère, a-t-il répliqué.

Il m'a raconté un peu sa vie à Montréal, où il s'était installé quelque temps pour voir si la vie y était meilleure qu'à Buenos Aires. Il voulait se spécialiser en enseignement de la musique, c'est ce qu'il avait dit à ses proches pour ne pas les effrayer. Mais au fond, il voulait faire seulement de la musique, monter un autre groupe de tango, s'établir, émigrer pour de bon. Dès son arrivée à Montréal, il avait eu une déception. Mauricio, son ami argentin qui avait joué du bandonéon dans son groupe, l'avait invité à habiter chez lui, avenue des Érables, mais il n'était pas là à son arrivée et c'est plutôt une jeune femme qui avait accueilli Alejandro. Mauricio m'a dit que tu arriverais aujourd'hui, avait expliqué Carole, tu peux rester ici en attendant de te trouver un appartement. Elle était belle et elle parlait l'espagnol couramment, m'a dit Alejandro. J'étais certain qu'elle était argentine avant qu'elle se présente, Carole Dupuis. Je suis tombé en amour, Éveline, a-t-il déclaré en français. *Love at first sight,* comme disent les Anglos. Puis il est revenu à l'espagnol. C'est toujours comme ça avec moi, c'est tout ou rien, et ça me cause des ennuis. Mais, ai-je demandé à Alejandro, quand ton copain Mauricio est revenu à la maison, comment ça s'est passé? Justement, Éveline, il n'est jamais revenu. Carole savait qu'il était retourné en Argentine pour toujours, mais elle me faisait croire qu'il était parti jouer avec un nouveau groupe de tango en Europe. Comme nous sommes devenus des amants, je me sentais mal de trahir ainsi mon ami, et j'appréhendais son retour. Tous les jours, je me disais que j'allais tout avouer à Mauricio, que j'allais quitter Carole, mais je n'ai rien fait, le bonheur d'être avec elle était plus fort que tout. Quelques semaines plus tard, Carole m'a annoncé qu'elle était enceinte en m'avouant du même souffle qu'elle ne savait pas qui de Mauricio ou de moi était le père. Je me suis senti piégé, convaincu que Mauricio s'était tiré en Argentine justement pour me refiler le bébé. Carole me répétait sans cesse que cela n'avait pas d'importance, que si je l'aimais, je devais l'accepter avec son bébé. J'étais un peu ambivalent, mais plutôt content, voyez-vous, Éveline. Finalement, l'ai-je interrompu, tu es bien le père de Federico ? Je ne le sais toujours pas, et ça n'a plus tellement d'importance, comme le disait Carole, a répondu Alejandro. Et Mauricio, tu l'as revu, tu lui en as parlé ? Oui, je l'ai croisé il n'y a pas très longtemps, dans San Telmo. Imaginez, il vend des porte-monnaie de cuir le long de Defensa. C'est lui qui m'a salué, je n'aurais jamais pu le reconnaître. C'était un tout autre Mauricio, il avait le teint transparent d'une personne qui se drogue. Il a longuement regardé Federico. C'est ton fils ? m'a-t-il demandé. Peut-être, c'est ce que je lui ai répondu. Nous sommes repartis, Federico et moi. C'est tout.

Alejandro m'a raconté tout cela d'une traite, s'arrêtant seulement pour prendre une bouchée de sa *medialuna*. J'avoue, Éveline, que quand Carole m'a annoncé qu'elle était enceinte, j'ai pensé quelques instants prendre la poudre d'escampette. Mais je ne voulais pas retourner en Argentine et j'étais vraiment attaché à elle, si belle, si allumée, si fantaisiste. Si manipulatrice, peut-être, avais-je ajouté. Non, m'a répondu Alejandro, elle m'aimait vraiment et moi je l'aimais aussi. Après que j'ai su que Mauricio ne reviendrait pas, j'ai beaucoup réfléchi et j'ai décidé d'accompagner Carole jusqu'au bout. J'ai toujours voulu avoir un enfant, je me suis dit que ce serait une chance pour moi. J'ai vécu avec d'autres femmes, mais aucune n'a été enceinte de moi, du moins à ce que je sache ! C'est fou ! me suis-je exclamée. C'est comme un roman à cinq cennes, ce que tu racontes, Alejandro.

Je n'osais pas trop croire à son histoire abracadabrante, me demandant s'il n'était pas en train de me monter un bateau. Et Carole, elle est où, maintenant ? ai-je demandé. Elle est morte. J'en ai eu le souffle coupé. Est-elle morte en donnant naissance à son fils ?

Non, a répondu Alejandro, Carole est tombée en dépression profonde après l'accouchement, puis, un jour que j'étais parti faire des courses, elle s'est pendue dans la garde-robe. Quand je suis arrivé, le bébé était dans son berceau en face d'elle et pleurait à fendre l'âme.

J'avais sans doute l'air incrédule, mais quand il a mis sa main sur la mienne et ajouté que c'était la première fois qu'il parlait de tout ça, qu'il n'avait personne à qui raconter son histoire, j'ai craqué. J'ai retiré ma main doucement pour prendre une gorgée de café. Je dis aux gens que Carole est morte dans un accident, a-t-il précisé, ça demande moins d'explications. Je ne me résignais pas à dire la vérité, mais je me sens plus léger maintenant que je vous en ai parlé. Je sais qu'un jour je devrai raconter tout cela à Federico, et ça me fait très peur. C'est bon de se confier, ai-je dit.

Il est ensuite revenu sur l'histoire de mon prénom, pour changer de sujet, je pense. Puis le petit s'est réveillé. Nous allons sans doute nous revoir, a-t-il dit. Je ne sais pas, Alejandro. J'ai moi-même quitté ma famille, mon fils, Léonard, et mes petits-enfants, Margot et Jonathan. Pour toujours ? a-t-il demandé. Oui, peut-être pour toujours. Il faudra me raconter votre histoire alors. Une autre fois, ai-je dit simplement. Avant qu'on parte chacun de notre côté, il m'a proposé de le retrouver un de ces jours au Pain quotidien. J'y viens très souvent avec Federico, a-t-il ajouté.

J'ai été ébranlée par l'histoire du suicide de la mère de Federico, et je le suis encore, d'ailleurs. Les suicidés me chavirent toujours, même quand je ne les connais pas. Il m'est arrivé d'avoir le goût d'en finir, mais je n'ai jamais eu le courage de passer à l'acte. Et c'est tant mieux, parce que j'ai appris que la vie, c'est comme des montagnes russes. Ou comme le ciel, parfois nuageux, parfois ensoleillé. Mais il y a des moments où tout est si embrouillé qu'on n'arrive plus à voir la lumière, même si on sait qu'elle se cache quelque part.

Pourquoi Alejandro m'a-t-il révélé tout ça ? Pourquoi s'est-il intéressé à moi, une inconnue, une femme de plus de trente ans son aînée ? Ça me paraît encore bien étrange. En rentrant, cette fois-là, m'est revenu un souvenir que je croyais évanoui depuis longtemps, l'aventure de mon père avec sa jolie coiffeuse de quarante ans sa cadette. Un flash du passé, cru, douloureux. J'en avais voulu à mon père de ne pas avoir su décoder les manœuvres de la jeune femme. Il avait cru qu'elle l'aimait vraiment, mais au fond, elle était attirée par mon frère Larry, devenu un acteur célèbre dans le monde entier.

11

Me résoudre à me séparer de mon fils, de mes petits-enfants, de mes amis, tout cela n'a pas été facile. J'ai beaucoup pleuré la mort de mon amoureux, puis la mienne de mort que je pressentais. Serai-je atteinte d'alzheimer comme ma mère l'a été ? Vais-je me laisser dépérir après une peine d'amour comme mon père l'a fait ? J'étais piégée.

Comment ma mère si sage et si intelligente a-t-elle pu perdre la raison ? C'est là un grand mystère pour moi, et ça me fait peur, très peur. Si la génétique y est pour quelque chose, comme le prétendent certaines recherches, je perdrai la raison moi aussi dans quatre ou cinq ans. Saurai-je en détecter les signes ? J'aurai sans doute un léger sursis avant de me mettre à casser la vaisselle et à jeter des raisins verts dans ma soupe, mais j'espère être encore assez lucide pour épargner le mouroir. Personne n'aura à me sortir de chez moi comme un enfant qu'on emmène à la garderie. J'ai « placé ma mère » en lui disant que ce ne serait que temporaire. Elle m'a fait confiance, et pourtant je l'ai trahie.

J'aimerais mourir d'un seul coup, sans déchéance aucune, que ça arrive comme ça, une crise cardiaque dans mon sommeil par exemple, ou un accident qui ne laisse pas de séquelles. Même si la loi permet qu'il n'y ait pas d'acharnement, je me méfie. Je veux mourir à ma façon, puisqu'il faudra bien que je meure, un jour pas si lointain.

J'observe des vieilles élégantes et bien coiffées se promener sur Santa Fe. De jeunes hommes comme Alejandro les aident à traverser la rue. Elles lézardent sur les terrasses des cafés. Elles ont l'air en forme même si elles fument comme des cheminées. J'ai encore du temps.

Voilà ce à quoi je pensais depuis mon arrivée à Buenos Aires, mais après m'être fait couper les cheveux et avoir rencontré Alejandro, Elsa et Violaine, j'ai commencé à réviser mon plan. Je croyais vraiment ne plus avoir besoin de personne, être bien toute seule à me promener dans cette ville nouvelle.

Un dimanche après-midi, j'ai décidé d'aller me fondre dans la foule des promeneurs, remonter la rue Callao pour m'engager sur del Libertador. Je suis passée à l'ombre des jacarandas en fleur devant des garages pleins de Mercedes, de Audi et de BMW, des appartements luxueux, des musées magnifiques. Cet étalage de richesse et de grandeur contrastait avec les petits stands improvisés de t-shirts que j'avais longés quelque temps auparavant sur l'avenue Jujuy. Sans arrêt, de pauvres gens m'y avaient sollicitée, et j'avais même eu peur.

Près de la Plaza Miserere, j'avais reçu sur la tête une giclée de substance noire et gluante, et quand je m'étais retournée, deux vieilles dames s'étaient approchées de moi en disant *paloma, paloma*. Avec un kleenex et une bouteille d'eau, elles s'apprêtaient à me nettoyer. Je m'étais rappelé dans un éclair que c'était une arnaque fréquente dans les rues de Buenos Aires, un prétexte pour pouvoir tâter les poches et les sacs des touristes. J'avais lancé mon chapeau par terre et couru vers une rue transversale, où j'avais hélé un taxi. En lavant mes vêtements, plus tard, je m'étais bien aperçue que ce n'était pas de la merde de pigeon, de *paloma*, comme disaient les vieilles. C'était plutôt un mélange de moutarde et de terre noire.

Le monde est écartelé, il n'y a plus de milieu, me suis-je dit en poursuivant ma promenade sous les arches tranquilles des jacarandas sur del Libertador. Des pétales virevoltaient dans les airs telles des peaux de lièvre avant de se déposer sur le trottoir. Je glissais, légère, sur le tapis de fleurs mauves. Ça doit être ça, partir pour l'éternité, me suis-je dit. J'avais eu cette même sensation quand, il y a quelques années, j'avais pris la route de la baie James, grandiose à couper le souffle, qui semblait ne mener nulle part à force de vide autour d'elle. Au bout de plusieurs heures, après un arrêt obligatoire au Relais 381 pour faire le plein d'essence, on aboutissait sur un tapis de lichens ivoire couvrant à perte de vue un espace sans ciel ni terre.

Me voilà maintenant en Argentine, au pays des empereurs de la Terre de Feu. Antoine m'avait dit, lors de ce voyage à la baie James, qu'il voulait qu'on aille un jour voir les guanacos de Patagonie. Il en avait reparlé à plusieurs occasions et il avait même émis le souhait que je disperse ses cendres dans la baie Inutile de la Terre de Feu. Tes cendres ? l'avais-je fait répéter. Oui, je mourrai avant toi, Éveline, tu le sais bien, je suis plus âgé que toi, c'est normal.

Il était comme ça, Antoine, il disait des choses impossibles qui devenaient possibles à force de les répéter. On s'était promis d'aller ensemble à la Terre de Feu. Tout ce que j'avais vu de la Patagonie à la télévision, c'étaient les parcs d'El Calafate, cette ville devenue célèbre grâce à la présidente Cristina Kirchner. Elle y possède une maison et des hôtels fabuleux. Cette ville ressemble, en plus époustouflant tout de même, à Rouyn-Noranda, ma ville nordique et minière.

Antoine aurait aimé venir avec moi à Buenos Aires, et quel plaisir ç'aurait été qu'il m'accompagne dans les cafés, les musées, les parcs. Nous aurions pu être complètement libres et joyeux, il m'aurait servi de garde du corps, de *guardaespaldas* comme on dit ici, et j'aurais pu sortir le soir. Mais ça s'est passé autrement, je n'ai qu'une photo de lui et une petite boîte contenant ses cendres sur ma table de chevet. Je suis seule aux quatre vents et je n'ai personne avec qui marcher sur les pétales mauves des jacarandas. À Montréal, je me sentais lourde de l'absence d'Antoine, mais ici je suis aux aguets, seule et ultralégère. Presque invisible.

12

J'avais le goût de passer à autre chose pour me remonter le moral, alors je suis retournée chez ma coiffeuse de la rue Junín. Mafalda n'avait aucune cliente, elle m'a accueillie avec son grand sourire. J'ai tout mon temps, *señora* Eva, c'est tranquille ces jours-ci. Il fait trop beau, je pense. Vous vous rappelez presque mon nom, Mafalda, ai-je dit, étonnée. Je m'appelle Éveline. Oh! je préfère vous appeler Eva, c'est plus facile pour moi. Vous n'avez pas oublié mon nom. *¡Genial!* C'est un mot qui revient souvent dans les phrases de Mafalda.

Son maquillage soigné n'arrivait pas à masquer son teint de lendemain de veille. J'ai oublié de vous demander d'où vous venez, Eva-Éveline. De la France? Non, du Canada, de Montréal. Quand je suis à l'étranger, je dis toujours que je suis canadienne, même si je me sens plus québécoise que canadienne. Je précise aussi que je viens de Montréal même si je suis née à Noranda parce que personne ne connaît ça, Noranda.

Tout à coup, sans autre préambule, Mafalda s'est

mise à me parler de sa mère, qui est comptable à Bogotá. C'est elle qui m'a payé des études universitaires en coiffure. Des études universitaires en coiffure ? Oui, Eva, à la Institución Universitaria Politécnico Grancolombiano. Ça coûtait cher, mais ma mère voulait absolument que j'aille à l'université. Je suis sa seule fille et, pour elle, c'était très important. Et pour ton père ? lui ai-je demandé. Il était contre, il disait qu'il n'avait pas payé d'études pour les quatre autres filles qu'il avait eues avec sa première femme, qu'il n'allait pas commencer à le faire. Ma mère a tellement insisté qu'ils ont failli se séparer à cause de moi. Ma mère aussi a tenu tête à mon père, tu sais, Mafalda. Ton histoire ressemble à la mienne, cinquante ans plus tard. Éveline va se marier, disait mon père, et elle va rester chez elle pour élever ses enfants, du vrai gaspillage. Ma mère l'avait menacé de partir avec moi et de le laisser en plan avec mon frère s'il ne donnait pas son accord.

Le père de Mafalda, au contraire du mien, souhaitait que sa fille parte au loin, non pas pour qu'elle étudie, mais pour s'en débarrasser. C'est incroyable, ai-je dit. Pourtant, c'est bien la vérité, a-t-elle répondu.

Son père, un policier à la retraite, est aussi âgé que son grand-père maternel. Ses quatre autres filles étaient déjà mères de famille dans la trentaine au moment où il s'est remarié avec la mère de Mafalda. L'une d'elles, Barbara, avait le même âge que la mère de Mafalda. Ça mêlait les cartes. En plus, a-t-elle ajouté, je suis née le jour où Barbara a donné naissance à une petite fille. Vous vous rendez compte, Eva, c'est ma nièce, et nous ne nous connaissons pas. Les filles de mon père, mes demi-sœurs en fait, en ont tellement voulu à ma mère qu'elles ont coupé les ponts avec leur père, mon père. Mafalda était enflammée, intarissable, et elle parlait si rapidement que je devais l'interrompre souvent pour qu'elle répète. Ces filles-là, a-t-elle poursuivi, n'existent que dans ce que mon père raconte à leur sujet, et il est loin d'être bavard. Je ne l'ai jamais vu faire la moindre démarche pour les revoir. Elles ne sont pas venues à son mariage. Ma mère pense qu'elles sont jalouses. C'est une véritable guérilla familiale que je n'arrive pas à comprendre. Moi, je comprends, Mafalda, je comprends parce que ça ressemble au malaise qu'il y a eu entre mon frère et moi quand mon père s'est amouraché d'une coiffeuse. *No es fácil*, c'est ce qu'elle m'a dit au moment où je payais ma mise en plis.

En sortant du salon de coiffure, j'avais la nausée, une nausée qui venait de nulle part. Je pensais avoir le temps de me rendre chez moi, j'ai couru, mais je n'ai pu m'empêcher de vomir dans la rigole. Et c'est là, soulagée, à l'angle de Junín et French, juste devant mon resto vert grenouille, que la saga de mon père a rebondi. L'histoire du vieux père de Mafalda entiché d'une très jeune femme a dû s'infiltrer en moi comme un poison. Ou bien serait-ce le bel Alejandro que j'aimerais revoir et qui m'a remis en pleine face la vulnérabilité de mon cœur vieillissant ? J'ai repris le chemin de mon studio, encore prise de vertige, abasourdie. Les klaxons, les motos, les sirènes vrombissaient de partout dans ma petite rue d'ordinaire pourtant un peu paisible.

J'ai passé tout droit devant mon appartement. Je ne reconnaissais plus rien, je me suis égarée à quelques pas de chez moi. Je suis entrée dans un café sur Coronel Díaz, et la caissière à qui j'ai demandé mon chemin m'a fait un petit sourire condescendant. C'est vraiment juste à côté d'ici, m'a-t-elle dit. Je lui ai expliqué que je venais d'arriver à Buenos Aires, que je ne voulais pas déployer mon plan de la ville en pleine rue, qu'on m'avait formellement déconseillé de faire une telle chose. C'est vrai, a répondu une autre serveuse, il ne faut surtout pas avoir l'air d'une touriste. C'est exactement ce que m'avait dit mon amie Flavie. Tu regardes ton plan avant de partir de chez toi, et tu inscris la route à suivre sur un petit papier que tu gardes dans la paume de ta main pour le consulter discrètement en cas de besoin.

Mais cette fois, j'étais simplement allée chez ma coiffeuse pas très loin de chez moi. Que m'était-il arrivé ? Me perdre dans un lieu familier m'a vraiment donné la trouille. Cette histoire de père m'avait-elle dérangée à ce point ? Avais-je attrapé la maladie du grand trou de mémoire de ma mère ? Avais-je perdu le sens de l'orientation ? Avais-je déjà perdu le nord ? Tout ça se catapultait dans ma tête quand, soulagée, je suis enfin rentrée dans mon studio.

13

Le lendemain, je me suis rendue au Pain quotidien dans l'espoir d'y trouver Alejandro et son petit Federico. J'avais besoin de parler à quelqu'un, et j'ai tenté ma chance. Il risque d'y être, c'est samedi matin, ai-je pensé en montant sur Coronel Díaz. Le cœur me débattait, comme lorsque, adolescente, j'avais appelé un garçon pour la première fois. J'aime la réclusion, mais parfois, j'en ai assez de toutes ces personnes qui monologuent sur mon écran de télé.

J'allais souvent sur Internet, mais je n'osais pas ouvrir mon courriel de peur d'avoir à expliquer mon silence. J'avais commencé à écrire à ma petite-fille dès mon arrivée à Buenos Aires, mais je m'étais arrêtée au bout de deux ou trois phrases. Puis je me disais que Margot était sans doute trop occupée pour penser à sa grand-mère. Que je sois partie ou non, pour toujours ou pas, mes petits-enfants étaient maintenant devenus de magnifiques jeunes adultes indépendants qui devaient avoir bien d'autres chats à fouetter.

À travers la vitrine du Pain quotidien, j'ai tout de

suite aperçu le petit Federico qui gambadait entre les tables. Son père était en pleine conversation avec une femme un peu plus âgée que lui, belle comme peuvent l'être les Argentines, élégante, cheveux longs, mince, bien mise sans trop de recherche. Elle a du genre, aurait dit ma mère. J'hésitais à entrer de peur de les déranger, mais au moment où j'allais rebrousser chemin, Alejandro m'a fait un grand signe de la main en se dirigeant vers la porte. Venez vous asseoir avec nous, m'a-t-il dit avec un sourire désarmant. Éveline, je vous présente ma sœur, Olivia. Je ne savais pas que vous aviez une sœur, ai-je dit en prenant la main de Federico qui répétait *abuela, abuela*. Même si on ne se connaît pas encore beaucoup, a dit Alejandro, mon petit Federico s'est trouvé une grand-mère. C'est normal, Alejandro, j'ai des rides et des cheveux gris comme toutes les grands-mères. Mais ils sont beaux, vos cheveux, Éveline! Vous les avez coupés, ça vous va très bien. Sentant mes joues s'enflammer, j'ai prétexté qu'il faisait très chaud et j'ai enlevé ma veste. Ma sœur est actrice, a continué Alejandro. Oh! comme mon frère Larry! Ah! c'est votre frère, Larry Perron? Il est très connu, j'en ai entendu parler quand j'étais à Montréal. Il me semble qu'il avait gagné un prix important pour un rôle dans un film qui se passait dans le Grand Nord. Oui, c'est vrai, mon frère a gagné beaucoup de prix. Il est très célèbre, ma mère aurait aimé ça, elle qui avait des idoles. Elle adorait Eva Perón. Oh! a enchaîné Alejandro, Evita manipulait les foules avec son talent de superstar. Mais nous, on n'est pas très péronistes dans la famille, n'est-ce pas, Olivia ? Absolument, a renchéri la sœur d'Alejandro. Je ne connais pas votre frère, cependant. Pourtant, ai-je ajouté, il fait une carrière internationale. Il vit à Lausanne depuis des années, c'est pourquoi je ne le vois pas souvent. Alors, moi, je ne suis pas du tout célèbre, même ici, à Buenos Aires, a rétorqué Olivia. Je joue au théâtre seulement et je fais un peu de mise en scène. Et la plupart du temps, je remplace des comédiennes malades. Demain, il y a justement une pièce au théâtre Tinglado dont j'ai fait la mise en scène. C'est rue Mario Bravo, pas très loin d'ici, pas très loin non plus de la rue French, où Alejandro m'a dit que vous habitiez. Alors, votre frère vous a parlé de moi ? ai-je demandé, un peu décontenancée. Oui, a repris Alejandro, on mentionnait justement votre nom quand vous êtes apparue dans la vitrine du café. Il n'y a pas de hasard, voyez-vous, Éveline, c'est ce que je me dis depuis que je vous ai rencontrée au parc Alemania l'autre jour. Si vous voulez voir la pièce, demain, c'est à vingt-deux heures, a coupé Olivia, devant mon malaise. Oh ! j'aimerais bien y aller, ai-je répondu, mais c'est trop tard pour moi. Je ne sors jamais seule le soir. Mais, Éveline, vous n'avez qu'à prendre un taxi, vous devez vous habituer à vivre la nuit pour profiter de votre séjour. Nous, les *Porteños,* nous sommes des couche-tard. Ici, la soirée ne commence jamais avant vingt et une heures. Oh ! c'est comme au Cabaret de la dernière chance, à Noranda, ai-je dit, qui ne se remplit qu'après minuit. Noranda ? a demandé Olivia. Alejandro a tout de suite expliqué à sa sœur où était située ma ville natale. J'ai enchaîné en leur racontant que, de la fenêtre de ma chambre, je voyais les files d'attente dans la 8ᵉ Rue. En insomniaque invétérée, je me demandais pourquoi les gens s'ébrouaient si tard alors que je ne voulais que dormir, dormir. La nuit glaciale attirait les foules vers une chaleur de conversation, de danse, d'alcool qui agissait comme un analgésique sur le froid cinglant d'Abitibi.

Amusée, Olivia me posait des questions sur mon frère, sur les films dans lesquels il avait joué. Elle m'interrompait, me faisait préciser. Alejandro en rajoutait pour montrer qu'il était au courant. C'était joyeux.

J'espère que vous accepterez mon invitation, Éveline, a soudain réitéré Olivia. Venez voir la pièce demain soir, ça me fera plaisir. Je laisserai des billets de faveur à l'entrée, et Alejandro pourra vous accompagner… Non, a dit Alejandro, je n'ai pas de gardienne pour demain soir, ce n'est pas possible. D'accord, j'accepte, je vais me débrouiller. Peut-être que je viendrai avec une amie. Disant cela, je me suis rendu compte que je n'avais pas vraiment d'amies. Je connaissais ma coiffeuse, Mafalda, ma voisine de palier, Elsa, mais je ne pouvais pas dire que c'étaient des amies. Il y avait aussi Violaine, mais elle ne m'avait plus fait signe.

J'ai commandé un macchiato et une *medialuna*. Je me sentais en terrain familier avec eux, je ne sais trop pourquoi. C'est bizarre, cette chimie qui s'installe entre des personnes qui se rencontrent par le plus pur des hasards. Alejandro s'est mis à parler de son groupe de tango moderne. Nous sommes du genre Piazzolla plutôt que du genre Gardel. Gardel, c'est la vieille école machiste. Nous, nous rénovons le tango, nous affirmons qui nous sommes en protestant contre toute cette musique des États-Unis qui nous envahit, qui est en train de nous dépouiller de ce qui nous reste d'identité argentine. Nous allons sur le terrain du rock avec notre bandonéon, nous sommes des virtuoses, et les filles n'ont pas besoin de talons hauts ni de robes fendues. Vous viendrez nous entendre, Éveline, on joue une fois par mois dans une boîte pas très loin de chez vous, sur Sánchez de Bustamante. C'est à quelle heure ? Vers minuit, mais je viendrai vous chercher et on ira ensemble. Je vous présenterai à mon groupe. Il y a des filles merveilleuses qui jouent du violoncelle.

Alejandro s'emballait et ne s'occupait plus tellement de Federico, qui courait toujours entre les tables. Des clients lui souriaient, les serveurs s'en amusaient, mais j'avais peur qu'il se blesse ou qu'il s'approche de la porte de sortie. Impulsivement, j'ai fait ma grand-mère et je suis allée le chercher. Merci, *abuela*, je l'avais complètement oublié, a dit Alejandro, en mettant le petit sur ses genoux. Tout souriant, Federico a répété *abuela, abuela, abuela* en me pointant du doigt. C'est beau, mon Fed, on a compris, a dit Alejandro. Il ronronne comme Cortázar quand il lit à voix haute son « Rocamadour, Rocamadour, Rocamadour » sur YouTube, ai-je dit. Vous connaissez Cortázar ? se sont exclamés en chœur Alejandro et Olivia. C'est mon écrivain préféré, a ajouté Alejandro. Moi aussi, je l'aime beaucoup, son écriture me berce. Un jour, nous irons tous ensemble à Montevideo, a dit Alejandro, nous irons voir l'endroit où Cortázar a écrit une partie de *Bestiario*.

    C'est tombé à plat dans la conversation, je n'ai pas su quoi répondre, j'ai pensé que sa proposition, même si elle me plaisait, était déplacée, et je me suis sentie rougir encore une fois jusqu'aux oreilles. Olivia a rompu le silence. Federico n'a pas d'*abuela*. Nous ne parlons plus à notre mère. Et pourquoi, Olivia ? Ah ! c'est une longue histoire, a repris Alejandro, je vous la raconterai une autre fois, mais c'est vrai que Federico prononce clairement ce mot pour la première fois. Pourtant, il a bien deux *abuelas*, ai-je rétorqué en haussant la voix. Il n'en a qu'une, a tranché Alejandro, et elle est à Montréal, c'est la mère de Carole.

    Nous sommes sortis ensemble du Pain quotidien. Alejandro m'a demandé mon numéro de téléphone. C'est moi qui vous appellerai, a-t-il cru bon de préciser. On se voit demain soir au théâtre, a dit Olivia en faisant alterner trois baisers sur mes joues. Ici, c'est un seul, mais, comme on est trois, ce sera trois.

14

C'était seulement la deuxième fois que je voyais Alejandro et, pourtant, j'avais le sentiment que je le connaissais depuis toujours. J'étais tout de même un peu inquiète. Olivia est-elle vraiment sa sœur? M'a-t-elle tendu un piège? Je devenais paranoïaque. Pourquoi ce bel homme dans la trentaine, père d'un petit enfant, s'intéressait-il à moi? Ce n'est pas mon genre d'engager une conversation avec un inconnu, ça m'étonnait encore que j'aie osé le faire. Mais ce qui me troublait le plus, c'est que dans mon esprit, quand je pensais à lui, venait se superposer l'image de mon père avec sa coiffeuse. Juliette était beaucoup plus jeune que mon père, et elle n'était pas désintéressée. Pourquoi de beaux jeunes gens s'intéresseraient-ils à des vieilles peaux sans autre avenir que de flétrir encore davantage avant de disparaître doucement?

En rentrant chez moi, j'ai allumé la télé, toujours au même canal, TN. Cette fois, on nous montrait la présidente qui réintégrait ses fonctions officielles. Elle avait nommé de nouveaux ministres et elle s'adressait à une foule du haut du balcon de la Casa Rosada, à l'endroit même où Eva Perón haranguait ses *descamisados* vers la fin des années quarante. Portée par les cris de ses partisans, Cristina, en rock star aguerrie, s'employait à charmer son public. Il ne faut pas laisser de place à la tristesse ni au silence, s'est-elle écriée, il faut dire notre joie, joie, joie. *Alegría, alegría, alegría.* La magie opérait, j'y croyais malgré moi, emportée par son élan d'allégresse.

Je me suis attablée devant mes farfalles et un nouveau bouquet d'*alegrías del hogar*. Le mot *alegría,* que Cristina venait de répéter au moins dix fois, me revenait tel un ver d'oreille. *Mucha alegría*. Beaucoup de joie. J'en ai même oublié un instant toutes ces pensées tristes à propos de mon père, mais je suis vite revenue sur terre. Quelle bonne actrice elle est, me suis-je dit, elle respire l'optimisme, mais elle me manipule, je dois me méfier. Les apparences font parfois du bien, malgré tout.

Plus tard, une fois la télé éteinte, l'histoire de mon père a refait surface dans toute son horreur. Peut-être devais-je consulter un psy de la Plaza Güemes, ai-je songé. Il y a tant de cabinets de psys autour de la place qu'on l'appelle parfois « Plaza Freud ». Il me fallait extraire à tout prix cette écharde de mon cœur, mais raconter *ad nauseam* l'histoire à tout le monde n'était pas la solution. La blessure était toujours là, douloureuse, irradiant mon corps depuis que Mafalda avait tout déclenché en me parlant de son père. Et voilà qu'Alejandro et sa sœur venaient d'en remettre en me disant qu'ils ne voyaient plus leurs parents. Cette image de mon père amoureux fou de sa jeune coiffeuse me revenait en coup de poing. Un feu de camp mal éteint. J'aurais dû avoir enterré la hache de guerre depuis longtemps, surtout que mon père était décédé. Il voguait maintenant dans le néant, tranquille, et c'était trop tard pour l'affronter. Il fallait me délivrer de lui de toute urgence avant d'aboutir à mon tour dans son no man's land. Après tout, j'étais venue ici, très loin de chez moi, de chez lui, pour finir mes jours en paix.

J'aurais aimé raconter cela à Mafalda, tant notre histoire de père était semblable, mais mon espagnol n'aurait pas suivi. Peut-être devrais-je aussi en parler avec Alejandro, si jamais il se décide à m'appeler, ai-je pensé.

Il avait réglé son problème avec ses parents en les rayant de sa vie même s'ils étaient toujours vivants. Mon père à moi était mort, alors pourquoi cet événement me hantait-il encore ? Rien à faire, dès que je pensais à Alejandro ou à Mafalda, je revoyais mon père embrassant sa Juliette à bouche que veux-tu les deux mains dans son corsage.

15

J'ai picoré un peu dans mes farfalles qui avaient refroidi et j'ai mis l'assiette au frigo. Je me suis ensuite allongée sur le canapé comme dans un bureau de psy et j'ai commencé à me confier à Mafalda comme si elle était là, derrière moi, en chair et en os. Je lui parlerai à voix haute, me suis-je proposé, comme les passants de la rue Coronel Díaz avec leurs écouteurs. Autrefois, il n'y avait que les fous qui parlaient seuls, maintenant, on ne peut plus savoir, à cause des téléphones portables. Il m'arrive de me parler toute seule, surtout depuis la mort d'Antoine. Je pense à voix haute, tout comme je parlais à mes poupées quand j'étais enfant. Suis-je une petite vieille qui joue à la madame ?

Mafalda, écoute, je t'en prie, l'histoire de Juliette. Je te la ronronnerai comme Cortázar le faisait dans la lettre à Rocamadour, et elle me servira d'exutoire, exactement comme pour la Maga.

Nous étions allés en Abitibi, Antoine, mon frère Larry et moi, pour fêter les quatre-vingt-cinq ans de mon père. Nous étions attablés chez lui un beau dimanche de mai, heureux. Notre mère était morte depuis quelques années et mon père, fidèle à son souvenir, parlait d'elle avec tellement d'affection que j'ai cru un instant qu'il la considérait encore comme vivante. Je lui ai demandé gentiment s'il avait songé à refaire sa vie. Ce serait bien que tu aies une compagne, a renchéri Larry. Ah! non, a répondu papa avec aplomb, jamais je ne remplacerai votre mère.

Vois-tu, Mafalda, sa fixation sur ma mère décédée ressemblait un peu à celle de l'embaumeur fétichiste qui n'arrêtait pas de dorloter Eva Perón. Oh! c'était tout de même moins morbide que dans le roman d'Eloy Martínez. Ma mère n'était pas dans un cercueil, elle était seulement un petit tas de cendres enfoui dans le cimetière de Noranda. Il continuait cependant de l'aimer comme si elle était encore auprès de lui.

L'année précédant cet anniversaire, j'étais allée toute seule lui faire une visite de quelques jours. Tout s'était bien passé, il était calme et il avait perdu de sa superbe. Il avait délaissé ce ton de reproche qu'il avait toujours eu, si bien que pour une rare fois dans ma vie je m'étais sentie à l'aise avec lui. Puis, un soir que nous regardions la télé ensemble, il m'a demandé d'aller lui chercher une veste qu'il avait laissée sur son lit. J'ai mal aux jambes, maintenant, et j'ai toujours froid, a-t-il dit. En entrant dans sa chambre, j'ai été intriguée par une sorte d'autel qu'il avait dressé sur sa commode, un peu à la façon des Mexicains, le jour des Morts. Il y avait disposé des photos, la bague de ma mère et son collier de perles, et, au pied du lit, sur un fauteuil, dormaient une étole de vison et la petite robe en dentelle bleu pâle que ma mère portait dans les grandes occasions. Ça m'a sidérée, j'ai vu un instant ma mère assise là en train de se reposer. J'ai agrippé la veste de mon père et je suis sortie de la chambre en vitesse. C'est étrange que tu dormes, comme ça, en compagnie de tous ces objets de maman, ai-je dit. C'est temporaire, Éveline, je vais m'en départir un jour, mais je ne suis pas encore prêt. Oui, mais papa, il y a longtemps que maman est morte. Oui, je sais, mais je n'ai pas encore fait le ménage dans toutes ses choses. Je sais que je dois m'en débarrasser. Avec ces objets, je me trouve à rester plus longtemps près d'elle, c'est normal, non ? En fait, j'aimerais que tu ailles chercher cette robe de dentelle bleue que ta mère portait. Après avoir un peu hésité, j'ai obtempéré à sa demande, médusée.

Il a pris la robe, s'est levé d'une traite, l'a soulevée comme s'il allait danser avec elle, tendrement, et j'ai bien vu qu'il n'avait pas du tout mal à la jambe. Fais-moi plaisir, Éveline, a-t-il dit en me regardant dans les yeux, mets-la pour moi. Prise au dépourvu, j'ai répondu que non, je ne ferais pas une telle chose. Là, tu me fais beaucoup de peine, ma fille, ce n'est pas un crime, tu pourrais faire ça pour moi. Voyons, papa, je ne suis pas maman, je ne suis pas ta femme. Il est parti en coup de vent dans sa chambre pour ranger la robe, puis il en est ressorti en maugréant. J'étais sûr que cette robe t'irait bien, j'aurais voulu te l'offrir, mais tu es dure, tu n'as jamais aimé ta mère, tu es indifférente.

Sur ces mots, je suis partie, le cœur en charpie.

Mais revenons à ce jour de l'anniversaire de ses quatre-vingt-cinq ans, dont j'ai commencé à te parler, Mafalda. Je sais que tu es seulement dans ma tête qui tourne, mais à distance, dans ton grand miroir, mon visage se superpose à celui de ma mère vieillissante, comme si je te parlais en son nom. Au moment où nous étions, mon frère Larry, Antoine et moi, en train de partager le gâteau d'anniversaire tout en chantant « Mon cher papa, c'est à tour de te laisser parler d'amour », la porte s'est ouverte. C'était la voisine, une jolie jeune femme d'à peine quarante ans, maquillée comme une présentatrice de télé, qui entrait sans sonner, comme chez elle. Ah bien, si c'est pas ma belle Juliette, a dit mon père, mais entrez donc. Oh! non, monsieur Perron, je ne veux pas vous déranger, je voulais simplement vous souhaiter bonne fête et vous dire que j'ai arrosé votre persil qui allait mourir de soif. Venez, a dit mon père, que je vous présente à mes enfants. J'ai failli m'étouffer en voyant qu'elle portait la petite robe de dentelle bleu pâle que mon père avait voulu me refiler. Vous connaissez sans doute Larry… Mon père n'avait pas terminé sa phrase qu'elle avait tendu à mon frère sa jolie main aux ongles vernis. Ravie de vous connaître en personne, a-t-elle susurré, je ne pensais jamais avoir le plaisir de rencontrer un jour mon comédien préféré, si beau, si connu. Toutes mes félicitations pour votre prix, j'ai tout suivi dans les journaux et à la télé. Quelle fierté! C'est vrai que vous avez un don exceptionnel, j'ai vu toutes vos séries à la télé, tous vos films. Merci, merci, a répondu sèchement Larry. Elle s'est approchée davantage de la table en disant qu'elle était très très très heureuse d'être la voisine de notre père. Oui, a enchaîné mon père, et elle est aussi une excellente coiffeuse. Elle vient me couper les cheveux ici, pas besoin de me déplacer, c'est très commode. Quand Juliette s'est penchée pour lui faire la bise, j'ai remarqué qu'elle portait également le collier de perles de ma mère.

Mon père nous a ensuite présentés, Antoine et moi. Je dois partir, a gloussé Juliette, sans même nous regarder, mon mari m'attend, nous allons au cinéma voir justement le très beau film dans lequel vous jouez, monsieur Larry. Elle a reculé lentement vers la porte en contemplant mon frère intensément. Vous êtes certaine que vous ne voulez pas un morceau de gâteau d'anniversaire ? a proposé mon père en la raccompagnant. Oh ! merci, je reviendrai te voir demain. Ne te dérange pas, profite bien de la présence de ton fils adoré.

Tiens, tiens, me suis-je dit, elle le tutoie tout à coup.

Juste avant de sortir, elle s'est tournée vers nous. Ravie de vous avoir rencontrés aussi, euh, je ne me rappelle pas vos noms. Éveline, a dit mon père, et lui, c'est Antoine, son mari. Elle a alors jeté un autre regard attendri à mon frère. C'est merveilleux de vous voir de si près, vous êtes mon idole, vous savez. Un grand silence s'est répandu autour du gâteau de fête, dans les effluves de son parfum sucré.

En se raclant la gorge, mon père s'est mis à vanter les mérites de sa bonne voisine. Elle et son mari me rendent souvent service, voyez-vous, et comme vous habitez loin, je ne peux pas compter sur vous pour m'aider. Juliette est un peu la fille que j'ai perdue. Il a dit cela sans broncher, en me regardant dans les yeux.

C'est à ce moment précis que le cauchemar a commencé, je pense.

Je fais une pause, chère Mafalda.

16

Le lendemain soir, j'ai fait ma première sortie seule en taxi pour aller au théâtre Tinglado. La pièce s'appelait *Anda Jaleo*, ce qui veut dire « En avant l'anarchie », selon une chanson composée par Lorca, et j'ai vu sur le programme que c'était bien Olivia qui en avait fait la mise en scène. Ce n'était pas vraiment une pièce de Lorca, c'était plutôt un medley de ses pièces avec les personnages de Yerma qui tue son mari, de Bernarda qui porte le deuil à n'en plus finir et de Doña Rosita, la célibataire éternelle. Tous ces rôles de femmes insatisfaites étaient joués par des hommes.

Les comédiens avaient un débit très rapide, je ne saisissais que des pics de sens ici et là. Après la pièce, j'ai attendu Olivia pour la remercier. Elle a finalement surgi dans le hall, flanquée d'un grand gaillard rougeaud qui portait un bonnet multicolore. Je te présente Walter López, un ami très cher, a dit Olivia en rigolant. C'est un acteur et aussi un poète magnifique. Et il parle français ! Et il est déjà allé au Québec ! Un autre ! me suis-je exclamée. Mais c'est une vraie colonie ! Oh ! ce n'est pas vraiment un hasard, a dit Olivia.

C'est moi qui ai dit à Walter de venir vous rencontrer, il nous casse les oreilles avec son Québec depuis qu'il y est allé. Je suis venue à Buenos Aires pour être seule et complètement dépaysée, ai-je dit un peu maladroitement, mais je n'arrête pas de rencontrer des gens qui connaissent le Québec. Qui s'assemble se ressemble, a baragouiné Walter. Je reviens du Festival de poésie de Trois-Rivières. Il a énuméré plein de noms de poètes québécois, Jean-Paul Daoust, Élise Turcotte, France Théoret, Roger Des Roches. La grande liberté avec laquelle il s'exprimait dans un genre de créole m'éblouissait. Je ne comprenais pas tout ce qu'il disait, mais sa présence chaleureuse irradiait. Il nous a invitées au café d'en face, Olivia et moi, et on a commandé des pizzas. Walter était intarissable, il voulait retourner au Québec par tous les moyens, surtout en hiver. Mais vous pouvez voir la neige en Patagonie, ai-je dit. Ce n'est pas la même chose, a-t-il rétorqué. Il y fait plus froid, peut-être, mais les gens sont *cool*, chauds. Vous allez parler de moi, là-bas, quand vous repartirez, n'est-ce pas, Éveline? Je vais peut-être mourir avant de retourner au Québec, ai-je répondu, ce qui a jeté un léger froid dans la conversation.

 J'allais sortir pour héler un taxi quand, soudain, s'est pointé Alejandro. Vous avez trouvé une gardienne, finalement? Oui, j'ai dû me débrouiller parce qu'on nous a convoqués pour une répétition à la dernière minute. J'ai reçu tout à l'heure un texto d'Olivia me disant que vous étiez au café avec Walter et j'ai décidé de venir vous saluer tous les deux.

C'était simple et doux entre nous quatre. Walter voulait savoir d'où je venais, ce que je faisais à Buenos Aires. Comme Olivia ne parlait pas français, j'ai tout raconté en espagnol avec un peu d'aide d'Alejandro, qui savait déjà pas mal de choses sur moi. Il trouvait que je m'étais améliorée. Il faut foncer, voyez Walter quand il parle français, même s'il fait des erreurs, on comprend tout. Bien avant que j'aie fini mon histoire, Alejandro s'est levé pour nous quitter. Je peux vous déposer en passant, Éveline, si vous le désirez. Merci, je vais rester un peu avec Olivia et Walter. Oh! a dit Olivia, je partirais bien avec toi, Alejandro, je suis fatiguée. Alors, a dit Walter, ils partent tous, mais vous au moins, restez un peu avec moi, j'aimerais parler encore du Canada, vous êtes un morceau de Canada. Parlez-moi du Nord, j'aime ça.

Nous nous sommes attardés devant nos assiettes vides, Walter et moi, à nous raconter nos drôles de vies. Il m'a parlé de ses amants et de sa fille. Vous avez une petite fille? Alors vous vous êtes marié? Oui, j'ai épousé une amie qui allait être rejetée par sa famille parce qu'elle était enceinte d'un gars qui avait pris la poudre d'escampette. Je suis légalement marié et père officiel de son adorable Maga. Elle m'aime comme si j'étais son vrai père, peut-être plus, même. J'ai continué à lui parler de moi, de mon enfance en Abitibi, de mon père, de mon frère Larry, de mon mari décédé. Je n'ai pas reparlé de mon intention de rester à Buenos Aires, je n'y ai plus pensé. Nous étions dans une bulle de présent.

Plus tard, en rentrant en taxi, je me suis demandé de nouveau pourquoi j'étais venue vivre si loin du Québec, un endroit dont bien des gens rêvent. Ça me fascine, ce besoin de partir. Une insatisfaction de la vie, tout simplement, peu importe où l'on se trouve. La vie qu'on croit toujours meilleure loin de chez soi. Loin de cette terre, vers le nord ou vers le sud, on a besoin d'air. D'infini.

17

En quittant mon pays, je pensais pouvoir jeter mes douloureux souvenirs aux orties. Mais ça ne fonctionne pas. Chaque fois que je rencontre quelqu'un, je dois parler de moi. *¿De dónde es?* D'où venez-vous? Et comment dire d'où je viens sans parler de mon passé, de ma famille, de mon travail? Le lendemain de ma soirée au théâtre, j'ai ruminé cette longue conversation que nous avions eue, Walter et moi. Parler de mon père, parler de mon mari, tout cela m'avait rendue nostalgique. Même si j'ai été avare de détails, la scène de la mort d'Antoine m'est revenue en boucle dès que j'ai mis le pied dans mon studio. La scène dans toute son atrocité. Antoine prenait son café en lisant son journal comme tous les jours. Je dois te dire quelque chose, a-t-il dit, et sa tête a percuté la table comme si une balle silencieuse l'avait atteint en plein cœur. Finis ta phrase, Antoine! C'est ce que je m'ingéniais à lui dire, mais le son restait au fond de ma gorge. Comme dans *The Twilight Zone,* je me demandais si c'était bien la tête d'Antoine, là, sur son *Devoir.* Une fois sortie de ma torpeur, j'ai hurlé, comme dans un cauchemar, mais Antoine ne bougeait toujours pas. Il y avait un peu de vomi près de sa tasse et une odeur désagréable m'a donné la nausée tout à coup. Tout s'est arrêté.

Après avoir un peu retrouvé mes esprits, j'ai composé le 911, et je me suis approchée de mon mari pour lui caresser les cheveux. Réveille-toi, réveille-toi. Que voulais-tu me dire, que voulais-tu me dire ? Je répétais sans cesse les mêmes phrases comme dans un mantra, doucement, sans espoir d'obtenir la moindre réponse. Au bout d'une éternité, les ambulanciers sont arrivés. L'un des hommes m'a demandé de me calmer et je me suis effondrée. Tout cela s'est passé si vite, une explosion. J'étais soudain devenue une femme seule au monde.

À la cérémonie d'adieu, une cérémonie dépouillée, n'étaient présents que Léonard et Claudine, sa nouvelle femme, de même que nos deux petits-enfants. Antoine n'avait qu'un frère, mais comme il l'avait perdu de vue depuis longtemps, je n'ai pas réussi à le joindre. Larry n'y était pas non plus, pris dans un tournage en Europe. Il venait de gagner un prix à Cannes, je l'avais appris en furetant sur son site Web. Il ne répondait plus à mes courriels depuis longtemps. Je l'avais vu la dernière fois aux funérailles de mon père. Nous étions désormais les prochains à tomber sur la ligne de feu, séparés par nos vies sur deux continents.

Une fois revenue à l'appartement, je me suis affalée

dans le fauteuil du salon, près de la fenêtre. C'était une journée grise, une journée de solitude absolue.

Devant mon frêne voué à disparaître lui aussi, je me suis dit que j'étais en train de pourrir dans cet appartement. Impossible de dormir dans le grand lit qu'Antoine et moi avions partagé pendant tant d'années ni de m'asseoir à cette table où nous avions pris tant de repas. Nous deux, tout seuls, un peu silencieux. Parfois en compagnie de la famille, d'amis proches.

Je suis sortie dans le soleil tiède marcher dans les rues de Villeray, si familières après tant d'années. Au café du coin, j'ai dit à la serveuse que je n'avais pas d'argent, que j'avais simplement besoin d'un refuge. Puis-je vous aider? Non, je veux juste me reposer quelques minutes. Laissez-moi vous offrir un café, a-t-elle dit.

Des gens sont entrés, tout s'est mis à bourdonner, et j'ai graduellement surnagé à même le brouhaha des conversations étouffées par la musique.

Plus tard, au début de la soirée, j'ai commencé à vider le bureau d'Antoine. Sous une lettre de l'hôpital, j'ai trouvé son testament. Comme légataire universelle, j'avais assez d'argent pour vivre longtemps sans trop me préoccuper de quoi que ce soit. C'est à ce moment-là que j'ai décidé de partir très vite au loin, mourir en douce, vivre seule ma mort à moi. Mon âme était ridée, ma vie aussi.

Pendant des semaines, après le décès d'Antoine, je me suis demandé ce qu'il avait voulu me dire. Je m'interdisais de fouiller plus à fond dans ses documents, dans son ordinateur et dans ses textos, sans doute parce que j'avais peur d'y trouver quelque chose d'embarrassant. Je culpabilisais, me disant que je m'étais graduellement négligée. C'est vrai qu'il avait, lui aussi, perdu du galon, mais les hommes grisonnants et ridés sont parfois très recherchés sur la carte du tendre.

En remontant le cours des mois précédents, toutes sortes de détails qui m'avaient échappé rebondissaient comme des balles de ping-pong. Antoine avait changé, il était souvent triste. Je lui avais demandé plusieurs fois ce qui le tracassait, mais il répondait à peine. Tu t'inquiètes pour rien, voyons, disait-il. J'avais un peu insisté. Ai-je fait quelque chose qui t'a déplu ? Où vas-tu chercher ça, Éveline ? Non, non, j'ai le droit d'être fatigué, c'est tout.

J'aurais aimé qu'il me prenne dans ses bras pour me rassurer, mais il s'enfermait dans son bureau la plupart du temps. Je me demande encore pourquoi je n'ai rien dit malgré mes soupçons. La conversation s'était étiolée avec le temps. Nous étions presque devenus des colocs respectueux l'un de l'autre. Un jour, il avait quand même tenté de me rassurer, comme ça, en me disant doucement, à brûle-pourpoint, qu'il ne voulait pas se séparer de moi. Moi non plus, avais-je répondu. Puis il avait ajouté, les dents serrées, qu'il n'avait plus beaucoup de désir pour moi. Je n'avais pas su quoi répondre, comme c'est mon habitude quand je suis sidérée.

J'étais alors sortie me promener dans le quartier pour avaler ça. C'est moi qui devrais partir, m'étais-je dit. Il attend peut-être que je fasse les derniers premiers pas. Je suis pas mal anti-glamour, avec mes jambes qui ratatinent, mes seins qui pendouillent, ma vessie qui flanche et mon cœur qui se vide. Puis, j'avais réussi à estomper peu à peu ce scénario pénible en me remémorant certains soupers joyeux en famille, surtout quand Margot et Jonathan avaient commencé à y amener leurs amis. Un instant plus tard, je replongeais dans le noir, me disant que c'en était fini pour le « nous » et le « nos », que je devais passer au « je » et au « me » de la femme seule. Mais non, m'étais-je reprise, je ne suis pas seule. C'est exponentiel, la famille. Pendant mon escapade, Antoine était allé m'acheter des fleurs. Je ne voulais pas dire ça, j'ai été maladroit, s'était-il repris en m'embrassant, j'ai eu peur que tu ne reviennes pas.

C'est en vidant les tiroirs du bureau d'Antoine peu avant de céder l'appartement aux nouveaux propriétaires que j'ai trouvé une lettre datant de plusieurs mois. Elle était signée par son médecin de l'hôpital, qui le convoquait à un rendez-vous. J'ai déchiffré dans les hiéroglyphes du cardiologue qu'Antoine devait subir une angioplastie pour débloquer deux de ses artères. C'était donc ça. Il avait choisi de ne pas se faire soigner. Mais comment se fait-il que je n'en aie rien su ? Je n'ai pas vu son désespoir. J'avais tout faux. Et maintenant, il est mort, m'étais-je dit. Il n'y a plus rien à faire devant son terrible choix.

18

Depuis ma rencontre avec le charmant Alejandro et son fils, je me demandais de nouveau si j'avais bien fait d'abandonner les miens à tout jamais. Je pensais plus souvent à eux. Je me répétais pour la énième fois qu'il fallait à tout le moins rouvrir ma boîte de courriel et envoyer à Margot le message resté en plan depuis des semaines.

Margot et Jonathan croyaient sans doute que j'allais revenir, et, de mon côté, je pensais bien qu'ils viendraient me faire une visite un jour. Surtout Margot et son Diego argentin. J'ai chouchouté mes petits-enfants, et heureusement, me disais-je, parce qu'une fois devenus des grands ados, ils étaient trop occupés pour répondre aux courriels de leur vieille mamie. À travers leurs horaires de premier ministre, ils carburaient sur Facebook. Tu devrais t'ouvrir un compte, tu serais toujours au courant de nos allées et venues. C'est ce que j'ai fait, mais au bout d'une semaine, j'ai tout fermé. Je me sentais voyeuse. Mes petits-enfants sont grands et ils ont l'âge de s'affranchir. Puis, il y a des choses qu'une grand-mère ne doit pas savoir.

Il reste que Jonathan ressemble beaucoup, en plus jeune évidemment, à Alejandro. Même énergie pleine de testostérone, mêmes traits élégants du visage, même regard doux. Quand je suis partie de Montréal, Jonathan fréquentait une Péruvienne fraîchement débarquée d'Arequipa. Je vais te la présenter, grand-maman, m'avait-il promis, elle est adorable. Tu vas beaucoup l'aimer. Mais je suis partie avant de connaître sa belle Tatiana.

Mes grands-mères habitaient loin de chez nous, je les connaissais très peu et jamais il ne me serait venu à l'idée de leur parler de moi. Je me contentais de répondre vaguement à leurs questions. Comment ça va à l'école? Tu as de bonnes notes? Quelle matière préfères-tu? As-tu un petit ami? Jonathan et Margot ont maintenant leur vie. Je ne les verrai jamais plus, sans doute, ils n'ont plus besoin de moi. C'est ce que je m'étais dit en prenant l'avion pour Buenos Aires. Mais j'ai commencé à fléchir petit à petit.

Sur le coup de cette crise de nostalgie grand-parentale, j'ai projeté d'appeler Alejandro pour lui proposer qu'on aille manger ensemble quelque part. Comme une adolescente qui trouve un jeune homme de son goût, je me demandais si j'oserais faire une telle chose. C'est alors que le téléphone m'a fait sursauter. Alejandro, le ton un peu angoissé, s'excusait de me déranger. Tu ne me déranges pas, ai-je dit, je voulais justement t'appeler. Oh! Éveline, c'est presque un miracle que vous soyez là, je cherche une gardienne pour demain matin. Seriez-vous disponible? Bien sûr, avec plaisir, ai-je répondu sans hésiter. Je vous l'amènerai, merci beaucoup.

Après avoir raccroché, j'ai regretté d'avoir accepté si rapidement. Il ne m'avait même pas dit à quelle heure il viendrait, si j'allais garder le petit plusieurs heures, plusieurs jours. J'ai essayé de le joindre à nouveau, mais sans succès. Tant pis, me suis-je dit, et je suis repartie me promener pour me calmer le pompon. J'avais des nerfs d'acier, autrefois, mais maintenant, la moindre incertitude me stresse. Je dois me ressaisir, respirer profondément. Lâcher prise, comme ils disent dans les livres qui ont réponse à tout. Me rappeler mon yoga.

La seule chose qui m'apaise, ce sont ces promenades, ces heures pendant lesquelles je retisse tous ces fils que j'ai effilochés au fil du temps. Ma vie s'immobilise doucement, devient de moins en moins trépidante. J'oublie l'échéance. Déambuler dans cette grande ville du bout de la terre, voir du neuf et longer les boutiques de l'avenue Corrientes, comme je le fais souvent, tout cela m'empêche de trop me coincer le cerveau.

Juste en face du Teatro General San Martin, je suis entrée l'autre jour au Centro cultural de la Cooperación. Il y avait là des expositions étonnantes et même un lancement de livres pour enfants avec hors-d'œuvre, verres de vin et lectures de poésie. Personne ne s'est aperçu que je me frayais un chemin dans la foule. J'ai fait dédicacer une histoire de grenouille que j'avais l'intention d'offrir à Federico.

En sortant, je me suis rendue à l'obélisque de l'Avenida 9 de Julio. C'est plus fort que moi, chaque fois que j'y passe, je m'arrête pour reprendre mon souffle devant la murale d'Evita, sur la façade du ministère des Travaux publics.

Je me suis installée à une terrasse avec vue sur l'icône électrifiée d'Eva. Il n'y a pas de bancs le long des trottoirs à Buenos Aires, et ma promenade m'avait épuisée. Une passante m'a aussitôt abordée, l'air furieux. Pourquoi regardes-tu cette folle, cette grande face d'Eva Perón? Oui, elle me disait *vos*, elle me tutoyait comme la caissière du IGA à Montréal. C'est notre folle de Cristina, encore plus folle que l'autre, qui a autorisé qu'on expose cette grande face-là sur un édifice de merde! Gaspillage d'argent, ça ne finit plus. Elle n'arrêtait pas, elle nommait des députés de son parti, d'autres personnes. ¿*Perdón?* ai-je dit. Elle s'est arrêtée net, s'apercevant tout à coup que je venais d'ailleurs. J'ai profité de cette accalmie pour lui demander pourquoi elle me disait tout ça. Mais d'où sortez-vous? a-t-elle répondu. Cette fois, elle m'avait vouvoyée avec un cérémonieux *usted*. Alors vous ne connaissez rien de rien de la politique argentine. Ne vous mêlez pas de ça, n'essayez même pas de comprendre. Sans attendre ma réponse, elle a traversé d'un bon pas la plus grande avenue du monde, qui fourmillait de passants, d'autos et de ces *metrobus* qui circulaient dans des voies occupées autrefois par une grande allée d'arbres magnifiques.

Encore sonnée de cette remontrance, j'ai ouvert le journal *La Nación* et je suis tombée pile sur un article qui traitait du carnage des arbres de l'Avenida 9 de Julio, carnage qui avait soulevé la colère des environnementalistes et des citoyens en général. On a coupé des arbres majestueux et magnifiques pour faire place à des autobus. Ça ressemble à chez nous, me suis-je dit, on n'arrête pas le progrès! Les politiciens avaient promis de remplacer ceux qu'on venait de jeter par terre, ceux de plus de cinquante ans, comme on avait promis de replanter des épinettes noires dans la forêt d'Abitibi fraîchement rasée. Il en va des arbres vieillissants comme des humains. Les vieux sont une nuisance, on a profit à les éliminer pour les remplacer, tout comme on replante des arbres qui mettront des années à grandir. Et ainsi de suite. C'est la loi de la grande tronçonneuse.

Après avoir lu tout mon journal, pris cappuccino et *medialuna,* j'ai continué ma randonnée sur l'Avenida 9 de Julio jusqu'à Lavalle pour reprendre ensuite Callao, ce mot que les Argentins chuintent fièrement. Ils pervertissent les *y* en *ch* pour faire un pied de nez à l'Espagne, la mère patrie. Ils conjuguent les verbes autrement aussi. Au lieu de dire *puedes,* tu peux, ils disent *podés,* et au lieu de dire *tú,* ils disent *vos.* «Tu es», qui se dit *tú eres* dans presque tous les pays hispanophones, devient *vos sos* en Argentine. Je n'y suis pas encore très habituée, j'ai parfois du mal à comprendre les commerçants ou les chauffeurs de *colectivos*. Je les fais répéter souvent et ils me répondent avec un sourire condescendant.

Avais-je encore le goût de finir mes jours dans cette ville qui me devient de plus en plus familière ? Alors que je remontais Callao jusqu'à Santa Fe, la lumière se tamisait déjà et découpait les arbres dans le ciel. À cette heure ambivalente de fin d'après-midi, la vie changeait de cap et retournait doucement à l'intérieur des âmes et des maisons. Des vieux et des vieilles rentraient chez eux, repus de promenades et de lectures au café.

J'aurais aimé discuter tranquillement avec des amis pendant des heures. Ça me manquait, tout à coup, et j'avais le cœur gros. Mais c'est un bel endroit pour vieillir et mourir, me suis-je dit, un peu pour me consoler, j'ai bien fait d'atterrir ici. J'ai pris la bonne décision. Il y a bien Elsa, Violaine, Mafalda et Alejandro, mais je ne les vois pas souvent et je ne les connais pas beaucoup. Dans la vie, ce n'est pas comme dans Facebook, ça prend plus qu'un clic pour se faire de vrais amis. Pour aimer aussi.

Je me suis attardée devant les vitrines de magasins de chaussures et de librairies. Les Argentins achètent-ils autant de souliers que de livres ?

19

Cette femme si furieuse contre Eva et Cristina m'avait rappelé à quel point les gens sont divisés à propos de ces deux reines. Dirait-on la même chose des hommes de pouvoir ? Peuvent-ils, comme elles, devenir des figures mythiques ? Peut-être, mais les idoles, quand ce sont des hommes politiques, n'ont pas à se vêtir et à s'orner comme des rois pour que s'exerce le magnétisme. Eva Perón, en son temps, tout comme Cristina maintenant, subjuguait ses partisans au point qu'ils remplissaient à craquer la cour de la Casa Rosada. Faut-il qu'une femme soit une déesse pour exercer une telle emprise sur une grande partie de son peuple ? Eva et Cristina sont des déesses, peut-être, mais elles sont presque autant haïes qu'adorées.

J'ai navigué dans YouTube pour regarder de nombreuses vidéos d'Evita. Dans quelques-unes, elle harangue avec assurance la foule en délire, puis, dans une autre, devenue faible et vulnérable, elle renonce au poste de vice-présidente en pleurant sur l'épaule de son mari. C'est la scène la plus émouvante, celle qui arrachait des larmes à ma mère qui ne pleurait pourtant presque jamais. Dans un autre film, on voit des millions d'endeuillés qui suivent le cercueil d'Evita parmi d'astronomiques arrangements floraux. Ces gens qui l'adulaient se sont-ils mis par la suite à la détester ? Les opposants au péronisme, silencieux à l'époque, se sont-ils mis à parler ?

Je repense souvent à ma mère, sans doute à cause de son amour imprescriptible pour Eva Perón. Elle était pourtant tout son contraire. Encore jeune et pleine de courage, elle trottinait, cousait, téléphonait à ses sœurs. Elle avait peu de contacts avec ses belles-sœurs, mais assez, quand même, pour alimenter potins et rumeurs. J'écoutais attentivement tout ce qui se disait, les trahisons, les mensonges, les mesquineries, les fausses couches. Ça me fascinait, cette façon qu'elle avait de dire ce qui ne se dit pas.

Contrairement à Eva, ma mère avait bon caractère, elle était économe, portait les mêmes vêtements tous les jours, jupe, blouse, tablier. Dans sa garde-robe presque vide, il y avait ce qu'elle appelait un beau morceau, une robe, ou un tailleur, selon qu'on était en été ou en hiver. Une étole de vison permettait de faire chic pour la messe ou les funérailles, c'était son seul luxe. Je n'aime pas accumuler, disait-elle, personne n'aura à fouiller dans mes choses après ma mort. J'utilise tout de mon vivant. Même ma bague de fiançailles, je la porte tout le temps, je vais l'user à la corde et si ton père devient veuf et se remarie, il en achètera une neuve à son autre femme. Peu importe le sujet, elle trouvait moyen de s'en sortir élégamment.

Le téléphone accroché au mur au-dessus de sa berceuse marquait son territoire. C'était son mirador, l'endroit d'où elle pouvait voir tout ce qui se passait dans la maison et hors de la maison, si on entrait, si on sortait, si on courait dans la rue, si on allait aux toilettes, si on fouillait dans le frigo, si je me battais avec mon frère. Comme mon père était parti dans les bois les trois quarts du temps, elle gérait son domaine en entrepreneure aguerrie. L'hiver, notre père s'occupait de coupes forestières, il fallait attendre le printemps pour qu'il revienne, et l'été, il combattait les feux de forêt. Ma mère était une sorte de mère célibataire, mais elle nous parlait chaque jour de notre père, qu'elle mythifiait presque autant que ses reines adorées. Elle était en manque perpétuel de son mari. Il parle bien, disait-elle, et il sait des poèmes par cœur. Elle excusait son air bête, trouvait qu'il travaillait trop fort pour gagner la vie de la famille. Ça finissait par être de notre faute.

J'avais très hâte de partir étudier, de faire ma vie comme je l'entendais. Une fois installée dans la grande ville, à six cents kilomètres de chez moi, sous prétexte que je devais préparer des examens, je ne revenais même pas chez mes parents pour les fêtes de Noël. Peu à peu, j'ai nagé comme un poisson dans Montréal, je me suis fait des amis, des amoureux. Je me suis mariée aussi, avec Antoine, sans même prévenir mes parents. Nous avons eu un fils. Ma mère n'est intervenue dans aucune de mes décisions, c'est ta vie à toi, disait-elle. Je porte encore sa chevalière d'onyx. Chaque fois que je voyage, je passe à mon auriculaire comme un grigri ce petit losange noir serti d'un diamant. Ton père, très généreux, m'avait-elle dit en me l'offrant, m'a acheté cette bague quand on est allés voir le roi d'Angleterre à Sudbury. Le roi d'Angleterre ? Oui, le roi George VI était en visite avec la reine Élisabeth, la mère d'Élisabeth II. Ils parcouraient tout le Canada en train, et quand on a su qu'ils allaient s'arrêter à Sudbury, on a décidé d'aller les voir passer. La famille royale, je l'adorais. Quand le roi et la reine sont descendus du train, une grande foule les a acclamés. La fanfare de Ville-Marie, dans laquelle ton père jouait du cor, s'était même déplacée pour l'occasion. C'était grisant, je n'avais jamais vu de roi en chair et en os, je n'en ai jamais revu par la suite. Quand ton père m'a donné cette petite bague, c'était comme ma bague de fiançailles pour célébrer la venue du roi et de la reine près de chez nous. Mais on ne savait pas encore que deux mois plus tard, presque jour pour jour, il y aurait la Deuxième Guerre mondiale.

 Ma mère avait une voix superbe et juste. Elle chantonnait tout le temps de vieux airs d'amour, *Derrière les volets*, *Plaisir d'amour*, *La Vie en rose*. Quand votre père reviendra, on chantera tous ensemble, disait-elle. Parfois, elle allait au salon jouer une sonate de Beethoven. Elle avait réussi, je ne sais trop comment, à se payer un piano qu'elle avait ensuite casé dans le minisalon de notre minimaison.

Ma mère est morte avant de mourir. Je l'ai sans doute déçue, n'ayant rien en commun avec la reine Élisabeth, Eva Perón, Édith Piaf ou la reine Astrid. Aucun sang royal, aucun cancer, aucune autodidaxie. Pas de mort prématurée non plus. Mon frère Larry est devenu le roi qu'elle aurait eu le bonheur de vénérer.

20

Aussitôt qu'Alejandro a sonné, je suis descendue dans le hall cueillir un Federico d'humeur plutôt maussade. Merci, Éveline, de me rendre ce service, je viendrai le récupérer en fin de journée. Vers quelle heure ? Je ne sais pas au juste, j'ai une réunion de production très importante avec mon groupe de musique. On en profitera pour répéter aussi.

Federico ne voulait pas quitter son père, il avait le nez morveux. Je craignais qu'il ameute tout l'édifice avec ses pleurs, mais il a fini par se calmer une fois dans l'appartement. Je l'ai installé à table sans trop savoir comment j'allais occuper ce petit qui ne parlait que l'espagnol et qui sourcillait chaque fois que je m'adressais à lui. Il ne me répondait pas, terrorisé, je pense, par l'accent bizarre de cette *abuela* qu'il ne connaissait pas beaucoup. Je suis trop vieille pour être grand-mère, c'est ce que je pensais en appliquant du *dulce de leche* sur sa tartine. J'ai bien pris soin de mes propres petits-enfants, je les ai même défendus auprès de leurs parents parfois trop sévères. Tu ne devrais pas les gâter autant, me répétait sans cesse Léonard. C'est embêtant, tous ces cadeaux que tu leur donnes, tu achètes leur affection. Je lui répondais chaque fois qu'il fallait au moins une personne inconditionnelle par enfant pour équilibrer les choses. Federico a mangé en silence sa tartine, puis il en a demandé une deuxième. C'était la première fois qu'il m'adressait la parole. Il pleuvait des cordes. La journée s'annonçait difficile, je n'avais rien d'intéressant pour lui dans le studio, ni jouets ni crayons à colorier. Alejandro aurait dû apporter au moins une peluche ou une auto miniature, c'est ce que je me disais quand le téléphone m'a fait sursauter. C'était Violaine. Il y avait plusieurs jours qu'on s'était rencontrées et je n'attendais plus tellement de ses nouvelles. Elle me relançait pour qu'on aille visiter un musée, tel que promis. Ah ! Violaine, ai-je répondu, je ne peux pas sortir, je garde un bambin, le fils d'un ami. En fait, je suis un peu découragée, je ne sais trop comment je vais organiser ma journée. Justement, a-t-elle dit, ça vous fera quelque chose à faire ! Quel musée vous intéresserait ? Le Museo Evita, ce serait bien, ai-je répondu, c'est petit et ce n'est pas très loin de chez moi. Ensuite on ira au Malvón, a-t-elle ajouté, si ça vous tente. Redonnez-moi votre adresse et j'arrive vous prendre tous les deux. J'adore les petits, mes filles sont grandes maintenant. On va le sortir, votre petit… Préparez-vous ! Préparez-vous ! On a attendu Violaine près de deux heures. J'ai chanté des chansons en français à Federico, c'est tout ce qui semblait l'intéresser. Ça tombait bien, je n'en connaissais aucune en espagnol. Et je me suis rappelé le livre de grenouilles que je lui avais acheté au lancement du Centro cultural de la Cooperación. Nous étions tous les deux bien concentrés dans cette histoire farfelue quand Violaine a sonné. Deux minutes plus tard, nous l'avons rejointe dans le hall.

Après avoir bien installé Fed dans la petite Fiat de Violaine, nous sommes partis en direction de la rue Lafinur. Ce n'était pas très loin, mais Federico a eu le temps de s'assoupir. Quand nous l'avons transféré dans sa poussette, il m'a semblé fiévreux. Il s'est rendormi aussitôt.

Ce musée a été aménagé dans l'une des célèbres maisons d'accueil d'Evita, m'a dit Violaine. C'est peut-être pour conforter les touristes dans l'idée qu'Eva Perón était la mère Teresa de l'Amérique du Sud, ai-je ajouté. Mais, non, Éveline, Evita n'a pas fait que de vilaines choses! Il y a encore bien des gens qui l'adorent en Argentine.

Au rez-de-chaussée du musée, Eva n'est pas encore amoureuse de Juan Perón. Elle s'appelle Eva Duarte et elle pose pour des castings, prête à tout pour faire carrière à la radio et au cinéma. Loin de la sainteté, elle s'exhibe en maillot de bain. À l'étage, changement radical, la starlette est devenue la femme du futur président. Aux côtés de son vieux prince charmant, elle pavane, svelte comme un mannequin. Elle porte maintenant des robes Dior et se couvre de bijoux. Puis, tout à coup, au détour d'un palier, nous tombons sur Eva la bienfaitrice. Les pièces sont aménagées pour que le visiteur voie bien les lieux des bonnes œuvres de la femme du président. Sur un étal de la cuisine reconstituée sont disposés des biftecks embaumés, question de faire plus vrai que vrai. Dans les classes, non loin de la cuisine, des livres sur les pupitres sont ouverts sur une page ayant comme personnages principaux Evita et son président. Ils sont riches, mais ils donnent aux pauvres. Ils sont gentils, généreux, aimants, vêtus avec l'élégance des nantis qui contribuent au bien-être de ceux qui n'ont rien. Ça fait rêver, a dit Violaine. Moi, ça me fait penser à Léo et Léa, de mon premier livre de lecture, ai-je répondu. Ils étaient parfaits comme ça, mais en moins riches et en moins bien habillés. Eh ben! qui c'est, Léo et Léa? Nous, à Aix, c'était différent. Vous venez d'Aix-en-Provence? Oui, j'y suis née, mais mes vieux venaient du Liban. Et vous, Éveline, vous connaissez Aix? Oui, j'y ai étudié il y a longtemps, vous n'étiez pas encore née, j'en suis sûre. Quand même, je n'en reviens pas, quelle coïncidence, a dit Violaine. Il y a longtemps que vous vivez en Argentine? Ah! oui, Éveline, je suis venue à Buenos Aires il y a vingt ans de cela et j'y suis restée. Presque la moitié de ma vie, maintenant. Je vous raconterai ça au resto tout à l'heure.

Tout en regardant les vitrines où se déployait Eva dans ses robes, je ne cessais de penser que Violaine avait émigré dans la vingtaine à Buenos Aires pour ne plus en repartir. Je n'ai pas osé lui faire part de mon projet d'y rester moi aussi. Je lui ai plutôt parlé de ma fascination pour les idoles. Vous voyez, Eva est une idole, elle connaissait bien la recette de l'idole, ai-je dit, elle s'habillait en princesse pour charmer les foules. Il y a des exceptions, c'est sûr, mais il y a une constante dans les jolies robes, les rivières de diamants qu'on exhibe en faisant la charité. Je n'ai jamais pensé à ça, a dit Violaine. Elle avait quand même du caractère, de la force, cette bonne femme ! Puis elle s'est faite convaincante, comme si elle voulait absolument me faire voir Eva Perón sous un meilleur jour. Ça ne m'étonne pas qu'on la vénère encore, vous le savez sans doute, Éveline : Eva a failli devenir vice-présidente. Perón a stoppé la machine, à la fin, à cause des ministres et des militaires qui ne voulaient pas d'une femme dans le gouvernement. Ils ont eu peur de ses largesses envers les pauvres, envers les syndicats. Ils ont sans doute eu peur aussi qu'une bonne femme occupe un poste aussi important au parlement, a ajouté Violaine, mais la mentalité a évolué, et c'est pour ça qu'une dizaine d'années plus tard, la troisième femme de Perón a pu devenir présidente. En fait, c'était un peu arrangé. Perón s'est présenté avec Isabel comme colistière. Ils formaient un ticket, comme qui dirait. Mais Perón est mort moins d'un an après son élection et, du coup, c'est sa femme qui est devenue présidente. Ça n'a pas duré longtemps. Oui, je sais, c'est complexe tout ça, ai-je dit. Isabel a été quand même élue vice-présidente, elle devait être aimée elle aussi, comme Eva, malgré le fait qu'elle se soit improvisée présidente. Je n'arrive pas à comprendre cet amour que les Argentins ont encore pour Eva Perón, ça me taraude. C'est une sorte de mythe, a répondu Violaine, et, comme dans tous les mythes, il y a un mystère.

Quand nous sommes sorties du musée, il ne pleuvait plus, le soleil nous piquait les yeux et Federico s'est réveillé en sursaut. Il nous a averties en souriant qu'il avait faim. Ça tombe bien, a dit Violaine, nous allons au Malvón, ce n'est pas très loin. Pas très loin, non, mais dans la circulation du début de l'après-midi, c'était l'enfer. Tout bloquait, tout klaxonnait et le petit s'est mis à se plaindre. Il avait soif, je n'avais pas pensé à prendre une bouteille d'eau. Violaine répétait qu'on arrivait, mais on était toujours bloqués sur Santa Fe. Finalement, elle a stationné sa voiture brusquement en déclarant qu'on allait se contenter d'un lunch tout près. On ira au Malvón une autre fois, si vous le voulez bien, quand on sera seules toutes les deux. Ç'aurait été plus vite à pied, d'accord, mais bon, on va entrer ici, au Plaza del Carmen. Comme on est juste en face du jardin botanique, on ira y promener le petit après le déjeuner. Regarde, les beaux arbres de toutes les couleurs, a-t-elle chanté en se penchant sur un Federico médusé. Et vous, Éveline, vous reconnaissez les jacarandas ? Il y en a plusieurs, vous les voyez ? Oui, je vois, mais pressons le pas, Federico a faim depuis longtemps, et moi aussi. Je vous montrerai comment reconnaître les lapachos, a ajouté Violaine en m'aidant à sortir enfant et poussette de l'auto. Avant d'entrer dans le café, elle a montré du doigt d'immenses arbres longeant le jardin botanique. Vous voyez ces arbres aux fleurs flamboyantes, ce sont eux, les lapachos. Celui-ci est rouge, mais d'autres ont des fleurs jaunes. Oui, oui, entrons, le petit a faim, ai-je répété, les nerfs à cran. Calmez-vous, Éveline, nous y sommes presque, ça ne nous empêche pas de regarder ces magnifiques lapachos. Il y en a même des mauves qu'on peut confondre avec les jacarandas. J'ai répondu, les dents serrées, Oui, oui, vous m'expliquerez tout ça devant notre assiette. Du calme, du calme, a-t-elle répondu, ça influence le petit quand on stresse comme ça. Puis, elle s'est mise à chanter à tue-tête une chanson de Mercedes Sosa que je ne connaissais pas, *Lapachos en primavera*. Federico s'est mis à rire de bon cœur et a essayé de chanter lui aussi. Des passants souriaient, d'autres fronçaient les sourcils, mais la plupart ne se retournaient même pas. La chanson terminée, Violaine a lancé, en imitant mon accent québécois, C'est-tu beau, hein ? Y a pas de souci, Violaine, ai-je répondu. Et on a éclaté de rire toutes les deux.

On a fini par entrer dans le restaurant bondé. Saviez-vous, a insisté Violaine, que la tisane de lapacho peut combattre plein de maladies, le cancer par exemple ? Non, je ne suis pas très médecine alternative, voyez-vous, lui ai-je dit en installant le marmot sur mes genoux devant le menu de pizzas. Pourtant, a-t-elle continué, quand il n'y avait pas de médicaments, les gens se soignaient avec des plantes. Les Incas faisaient des infusions de lapacho pour guérir le mal d'estomac et de l'intestin. Devant mon indifférence, elle a fini par atterrir. Bon, c'est vrai, on a faim, n'est-ce pas, Federico ? On devrait changer de place, m'a-t-elle proposé, je vais m'occuper de lui, il y a si longtemps que je n'ai pas eu de tout-petits près de moi. Et ça prendra encore du temps avant que mes deux filles aient des enfants, si jamais elles en ont. Adriana ne pense pas à ça, elle se cherche surtout elle-même, ces temps-ci, c'est compliqué pour elle. Et Sabrina est encore très jeune. Vous avez des petits-enfants, vous, Éveline ? Oui, j'en ai deux. Ils n'ont pas d'enfants ? Non, ils sont encore jeunes et je ne sais pas si j'ai vraiment envie d'être arrière-grand-mère.

21

La serveuse, une dame un peu moins âgée que moi, est venue nous demander ce qu'on voulait. Nous lui avons dit que le petit mangerait une partie de notre pizza. Ce n'est pas bon pour lui, a-t-elle répliqué. Sans broncher, Violaine a répondu sur un ton sec à la serveuse que ce serait ça, un morceau de pizza pour l'enfant à même la nôtre. En repartant, la serveuse a haussé les épaules comme pour nous faire sentir coupables. Elle avait sans doute raison, mais bon, à la guerre comme à la guerre, j'aurais dû penser au lunch du petit avant de partir.

Qui est cet ami qui vous fait garder son môme comme ça ? a demandé Violaine dès qu'on a été servies. Oh ! c'est quelqu'un que j'ai rencontré il y a quelque temps au parc, à l'occasion d'une performance de Marta Minujín. Comme je trouve toujours sympa qu'un père s'occupe de son bébé, c'est moi qui lui ai adressé la parole. Il a détecté que je venais d'ailleurs à cause de mon drôle d'accent. On est allés prendre un café ensemble. Je pense qu'il avait besoin

de parler à quelqu'un. Il est argentin ? a demandé Violaine. Oui, il est natif de Córdoba, ai-je répondu, mais il connaît le Québec, où il aurait bien voulu émigrer. Les choses ont mal tourné pour lui, ça n'a pas fonctionné. Et il vous demande de garder le petit ? Oh ! c'est seulement pour aujourd'hui, ai-je dit. Vous ne pensez pas, Éveline, qu'il s'intéresse à vous ? Pourquoi dites-vous ça ? Bien, c'est un peu étrange qu'un jeune homme s'intéresse à…
Une vieille femme, c'est moi qui ai terminé sa phrase. Mais non, Éveline, ce n'est pas ce que je voulais dire. Et puis oui, peut-être un peu. Ça n'est pas habituel, c'est tout. Mais vous devez y avoir pensé, vous aussi. Oui, j'avoue, Violaine, et ça me perturbe par moments. Si on se tutoyait, ce serait beaucoup plus simple, non ? Au Québec, vous savez, on se tutoie très facilement, un peu comme ici, à Buenos Aires, quand on dit *vos*. Et puis, je trouve que ça devient artificiel, ce vouvoiement entre nous. Oui, mais je n'osais pas, a répondu Violaine, surprise. Ici, quand on ne connaît pas quelqu'un, on dit *usted*, on utilise la troisième personne, c'est très poli, comme le mari vieille France qui dit à sa femme : Madame veut dire… Bon, c'est d'accord, Violaine, on se tutoie désormais et on n'en parle plus.
Bon, si on parlait de toi un peu, ai-je dit, pour détendre l'atmosphère. Qu'est-ce qui t'a tant attirée à Buenos Aires pour que tu t'y installes il y a vingt ans ? Ah ! j'ai été entraînée dans une histoire d'amour avec un Argentin que j'ai connu à Aix. Et puis, bon, ce sont

de mauvais souvenirs, je n'aime pas trop y repenser. Amène Federico près de moi, maintenant. Elle s'est aussitôt levée pour le prendre dans ses bras. Il souriait, espérant sans doute une autre chanson.

Parle-moi de tes filles, tu en as deux, non ? Oui, Adriana est à l'université et Sabrina est encore à l'école primaire. Adriana m'inquiète, comme je te le disais, parce qu'elle veut changer de sexe. C'est son choix, je le respecte, mais ce qui m'attriste, c'est que je n'ai pas un sou pour l'aider financièrement pour les opérations qu'elle devra subir. Et puis, il faudra qu'elle arrête ses études pendant ses transformations. Je dois l'imaginer en garçon, ça me rentre au compte-gouttes dans la tête. Je ne suis pas censée te raconter tout ça, Éveline. Adriana n'aimerait pas que j'en parle, elle préfère garder sa transformation secrète. Ça va, ai-je dit, parlons d'autre chose, mais parle-moi en espagnol, sinon je ne vais pas m'améliorer.

Federico picorait dans nos pizzas, coloriant ses joues de sauce tomate. Il avait l'air d'un petit clown. Il ne comprend que l'espagnol, ai-je insisté, on ne devrait pas parler français devant lui. Voyons, dit Violaine, notre conversation ne l'intéresserait pas plus en espagnol, mais tu as raison, comme tu es à Buenos Aires, tu dois en profiter. Tout le monde parle l'espagnol ici, a-t-elle continué en français, même les étrangers. Les Argentins ont une seule langue, parfois ils ne parlent même pas l'anglais. Ça repose du bilinguisme à tout crin, ai-je ajouté.

Et puis, toi, Éveline, tu es ici pour longtemps ? Je ne

sais pas, ai-je répondu en hésitant. Pour l'instant du moins, je ne pense pas à repartir. Il fait si beau, c'est le printemps. Qui voudrait fuir le printemps au mois de novembre ? Mais tu dois avoir un billet de retour, a dit Violaine, et une date sur ce billet. Je préfère ne pas y penser. Et toi, tu ne m'as pas raconté pourquoi tu t'es installée définitivement à Buenos Aires. Oh ! j'étais encore étudiante quand cet amoureux argentin m'a emmenée ici, chez sa mère. Chez sa mère ? Oui, Éveline, parce que, quand je lui ai appris que j'étais enceinte, il a voulu que son enfant naisse en Argentine. On s'est mariés à Aix avant de partir, mais j'ai accouché d'Adriana ici, à Buenos Aires.

C'est quand même curieux, ai-je dit à Violaine, la maman de Federico est une Québécoise. Son papa, mon ami Alejandro, est revenu à Buenos Aires tout de suite après la naissance du bébé. Et sa maman, a demandé Violaine, elle est où ? Morte, ai-je répondu tout bas en français. Ah bon, pas très chouette tout ça, c'est le moins qu'on puisse dire.

Et pour toi, Violaine, ça s'est bien passé, ton accouchement ? L'horreur, a répondu Violaine. Pendant ma grossesse, j'habitais chez ma belle-mère, qui ne m'aimait pas. Peu après l'accouchement, j'ai divorcé et je n'ai plus jamais entendu parler de mon mari. J'étais sans le sou, dans la solitude la plus extrême, et c'est là que, pour survivre, j'ai eu l'idée, un jour que j'étais dans le parc Rodríguez Peña, de donner des cours de français. Hein ? Tu fréquentes toi aussi ce parc-là ? Oui, Éveline, c'est l'endroit où je vais me recueillir quand j'ai une décision importante à prendre. Et tes cours de français, lui ai-je demandé, ça a fonctionné ? Eh oui, j'ai commencé dans une petite école de langues comme il y en a plusieurs ici. Au début, je n'avais même pas de gardienne, j'enseignais avec Adriana dans mes bras ou dans son landau à côté de moi. Ce n'était pas évident, mais comme j'avais étudié pour devenir professeure, j'étais de plus en plus appréciée et j'ai pu ouvrir ma propre école de langues. C'est là que j'ai fait la connaissance de mon deuxième mari, un Chilien venu à Buenos Aires travailler pour une entreprise française en alimentation. J'ai eu mon autre fille, Sabrina, puis j'ai de nouveau divorcé. Pas de tout repos, ta vie, ai-je dit. Et tu continues de donner des cours ? Je ne fais que du remplacement maintenant, c'est plus tranquille. Adriana est retournée vivre chez sa grand-mère. Sabrina est encore petite, elle n'a que huit ans.

En faisant signe à la serveuse, Violaine m'a dit tout à coup qu'elle devait rentrer chez elle. J'habite un peu loin et il y a beaucoup de circulation aujourd'hui. Je dois arriver à temps pour cueillir Sabrina à l'école. Ça ne te dérange pas que je parte directement chez moi ? Pas du tout, c'est facile de retourner à pied rue French, le petit aimera la balade en poussette. Federico va vite se rendormir, pour sûr, a dit Violaine. Ça va, ai-je dit, ne t'en fais pas, ça me fera le plus grand bien, cette promenade. Rappelle-moi quand tu veux et merci pour tout. Tu viendras dîner chez moi la prochaine fois, j'aimerais que tu me parles un peu de Montréal.

Je n'y suis allée que quelques jours, en transit vers Buenos Aires. Je me rappelle le marché Jean-Talon, c'est à peu près tout. Je n'y suis jamais retournée. Sabrina me dit qu'on devrait aller là-bas refaire notre vie, mais je n'ose même pas y penser, tellement je suis devenue argentine, tellement j'aime Buenos Aires. Mais pourquoi aimes-tu autant cette ville ? C'est à cause d'un jacaranda, j'ai commencé à te le raconter un peu, a repris Violaine. C'était à la fin de novembre, justement. Je venais d'accoucher, complètement découragée, je ne pensais qu'à retourner chez mes parents, à Aix, mais je n'avais même pas assez d'argent pour me rendre à l'aéroport. Puis j'ai pensé à la grisaille de novembre en France, et je me suis dit non, je reste ici, je veux vivre ici le reste de ma vie.

Violaine s'est alors tournée vers moi et a déclaré, sans rapport avec quoi que ce soit, que j'avais de beaux cheveux blancs. Tu ressembles à ma mère que je n'ai pas vue depuis des années. Elle est à Aix dans une maison de retraite. C'est tout ce que je sais. Elle ne connaît pas ses deux petites-filles. Tu as à peu près le même âge que ma mère, Éveline. Tu aurais été offusquée, toi, si ta fille avait été enceinte avant d'être mariée ? Ça n'a pas d'importance pour moi, tout ça. Tu es moderne, a dit Violaine en y allant de son grand rire de cristal. Elle nous a embrassés, Federico et moi, a payé l'addition et est sortie du restaurant en coup de vent.

Une fois dans la touffeur de l'avenue Santa Fe, j'ai changé d'idée. Il était trop tard pour emmener le petit au jardin botanique, et je ne savais pas à quelle heure

Alejandro allait le récupérer. Elle est quand même spéciale, cette belle Violaine, me disais-je en traversant Santa Fe. J'ai l'âge de sa mère dont elle s'est séparée il y a vingt ans. Ça lui manque peut-être, une mère. Surtout que la sienne n'est pas morte. Est-il possible de quitter totalement sa mère avant qu'elle meure ?

22

La sonnette a retenti vers dix-neuf heures, et j'ai aussitôt pesé sur le bouton qui ouvre à distance la porte du hall d'entrée. Je savais que c'était Alejandro et, quand j'ai dit à Federico, triomphante : *¡Es tu papá!* il n'a même pas bronché, tant il était absorbé par les dessins animés à la télé. Par contre, quand il a entendu la voix de son père, il a couru vers lui en s'écriant *papá, papá, papá!* Je n'existais plus. Tant mieux, la journée avait été longue et j'étais bien fatiguée.

J'avais fait décongeler des steaks en rentrant du café, supposant qu'Alejandro mangerait avec moi. Il a accepté l'invitation sans hésiter, comme Léonard, Jonathan ou Margot le faisaient quand ils arrivaient chez nous à l'improviste vers dix-sept heures. Il s'est installé dans un fauteuil, Federico sur ses genoux. J'ai ouvert une bouteille de Torrontés, mon petit vin blanc préféré, tout en essayant de savoir s'il avait des problèmes, pourquoi il m'avait fait garder son fils à la dernière minute. Est-ce que vous pourriez aussi le reprendre demain matin ? m'a-t-il demandé au lieu de répondre à ma question. Comment t'arrangeais-tu avant, Alejandro ? Tu n'avais pas de travail ou bien tu avais une copine chez toi qui le gardait ? Oui, j'avais une copine, elle vient de me quitter. Ma sœur est en répétitions, elle ne peut pas me dépanner. Elle est toujours très occupée de toute manière. Je n'ai personne d'autre dans ma vie, et ça m'arrangerait bien si vous pouviez vous occuper de Federico le temps que je trouve une autre gardienne. Ou une autre copine ? ai-je rétorqué en blaguant. Plus sérieusement, Alejandro, je ne sais pas si je suis encore capable de m'engager à devenir gardienne à plein temps. Heureusement que mon amie Violaine m'a donné un coup de main, parce que j'aurais eu du mal à gérer ça toute seule, ici, dans ce studio, avec Federico. Je peux te dépanner encore une journée, pas davantage. Et puis, on annonce du beau temps pour demain, on pourra aller au jardin botanique. Vraiment, Alejandro, je ne peux pas faire plus.

    Alejandro s'est renfrogné. Mais, Éveline, vous ne faites rien de vos journées, ça vous occuperait et je pourrais vous payer. Sinon, vous allez vieillir beaucoup plus vite, toute seule comme ça, sans famille, sans enfants ni petits-enfants. Et si j'avais besoin de repos, justement, ai-je objecté dans un élan, et si j'avais besoin de solitude, et si j'avais le goût de ne rien faire du tout pendant quelque temps, est-ce si grave ? Oui, Éveline, dans un certain sens. Vous êtes encore trop en forme pour arrêter de vivre. Ah ! Alejandro, je vis, je vis pleinement parce que je profite de chaque minute pour ne rien faire du tout. J'ai passé des années à m'occuper du bien-être des autres, de mes parents, de mon mari, de mon fils, de mes petits-enfants. Par contre, si jamais il y avait urgence, c'est avec plaisir que je te dépannerais à nouveau. Si je le peux, évidemment. Mais pourquoi ne demandes-tu pas à ta mère de garder le petit ? Ma mère n'existe plus pour moi depuis longtemps. Elle n'est pas morte, mais c'est tout comme. Elle a la maladie d'alzheimer ? Non, elle a toute sa tête, mais elle n'est pas ma mère, elle n'est pas la mère d'Olivia non plus. Elle et son mari nous ont adoptés pendant la dictature. Mes vrais parents étaient des militants, des résistants, et les militaires les ont assassinés en les larguant dans l'océan du haut des airs. Tu as sans doute entendu parler des *Abuelas de Plaza de Mayo* : c'est grâce à ces grands-mères que nous avons pu savoir qui étaient nos vrais parents. Vous vous rendez compte, Olivia n'est même pas ma vraie sœur. Mais, Alejandro, vos parents adoptifs vous ont quand même aimés et éduqués, Olivia et toi, c'est ce qui compte ! Tu es devenu musicien, elle est comédienne, vous êtes beaux tous les deux, en bonne santé, tout. Oui, a dit Alejandro, je les ai aimés aussi, ces gens-là, mais je ne pourrai jamais leur pardonner d'avoir volé mon identité et de m'avoir caché mes origines. J'ai appris d'où je venais il y a quelques années seulement. Je ne veux pas reproduire la même chose pour Federico, je veux qu'il connaisse ses vrais grands-parents, qu'il les fréquente, qu'il sache la vérité. Tu as raison, Alejandro, il faut sans doute tourner la page.

Maintenant, a-t-il ajouté en se renfrognant, je préférerais ne plus en parler. Parlons de vous plutôt, de vos parents. En fait, vous les voyez, vos parents ? Non, tu dois bien te douter qu'ils sont morts tous les deux, mais même les parents biologiques sont parfois très durs avec leurs vrais enfants. Mon père m'en a fait voir de toutes les couleurs, surtout après la mort de ma mère. N'empêche qu'il me manque parfois. C'était mon père. J'ai sans doute un peu de lui en moi. Quel âge avez-vous ? m'a soudain demandé Alejandro. L'âge d'être ta mère. C'est sorti comme une balle.

Sans lui donner le temps de réagir, je lui ai parlé de mon enfance en Abitibi. C'était calme dans le studio, le soleil flanchait et Federico somnolait dans les bras de son père. J'ai raconté qu'on avait été, mon frère Larry et moi, des *war babies* de la Deuxième Guerre mondiale, que nous étions tous les deux nés entre 1941 et 1945. Ton père est allé à la guerre ? a demandé Alejandro. Non, s'il n'a pas été conscrit, c'est grâce à nous, à ses deux enfants fabriqués coup sur coup, les célibataires étant appelés en premier. Mais c'était une période difficile, mes parents étaient fauchés et je n'ai jamais su comment ils avaient trouvé l'argent pour acheter une maison en cette période de guerre et d'après-guerre où tout était cher et rationné, le pain, le beurre, tout. Il n'y avait rien à louer à Noranda, me disait ma mère, c'est pour ça qu'on a été obligés d'acheter. Et comment elle était, votre maison ? a demandé Alejandro. Ça m'intéresse, les maisons étrangères.

Oh! c'était une toute petite maison. On se tenait dans la cuisine où on mangeait, jouait, faisait nos devoirs. C'était aussi la salle d'attente de ma mère, qui regardait tous les soirs par la fenêtre pour voir si mon père allait arriver, même si elle savait fort bien qu'il n'arriverait pas. Il allait où, votre père? Il travaillait dans les bois et ça nous réjouissait, mon frère Larry et moi, qu'il ne soit pas là, parce qu'il avait très mauvais caractère. On avait deux vies, l'une tranquille avec notre mère et l'autre, mouvementée, quand notre père revenait des chantiers. On était contents de le voir arriver, parce que maman était contente. Mais l'état de grâce ne durait pas, on était des enfants ordinaires, c'est-à-dire plus bruyants que tous les animaux de la forêt boréale, et il ne pouvait pas nous supporter. Ma mère s'évertuait à nous expliquer qu'il était fatigué, qu'il était gentil, au fond.

Elle l'excusait, comme elle excusait tout le monde, ma mère. Quand je me plaignais de la mauvaise humeur de mon père, elle protestait que j'avais tout faux, que c'était à moi de me calmer pour ne pas le déranger. C'est ainsi que j'ai appris à enterrer ma violence. Sans doute, a réagi Alejandro. Vous avez probablement raison, votre mère a déformé votre saine réaction. Ça me fait penser, ai-je répondu, qu'elle tenait le même genre de discours quand ma grand-mère venait squatter la berceuse pour égrener son chapelet. Elle ne voyait pas ma mère s'échiner à faire le ménage et la cuisine. Votre grand-mère a beaucoup travaillé, expliquait ma mère, elle a élevé toute seule ses douze enfants. Alejandro a éclaté de rire. Ma mère disait la même chose quand ma grand-mère venait nous voir. Je détestais ma grand-mère, et je crois bien que c'était réciproque. Elle est morte depuis longtemps, mais elle savait d'où je venais. Peut-être que c'est pour ça qu'elle me détestait aussi, allez savoir. Tu parles de quelle grand-mère, Alejandro ?

Le petit est sorti de sa léthargie et a commencé à pleurnicher. Federico a faim, ai-je décrété, on devrait manger, maintenant, au lieu de ressasser tout ça comme si on était en train de se psychanalyser entre nous. Mais, Éveline, c'est normal, on ne se connaît pas beaucoup. L'enfance, c'est la base de nos vies. En en parlant, on la replace, on la refait.

Alejandro est resté figé dans son fauteuil pendant que je préparais les steaks. Il avait l'air triste. Peut-être que je n'aurais pas dû raconter ça.

23

Pour revenir à Federico, a dit Alejandro en se relevant, c'est toujours vrai que vous ne pouvez pas le garder ? Je n'ai pas changé d'idée, ai-je répondu en dressant les assiettes. J'ai compris, Éveline, je ne vous en reparlerai plus. Viens, Federico, on va rentrer. Tu n'es pas sérieux, tout est prêt. Tu n'as plus faim tout à coup ? Tu ne tiens pas compte de ton fils, qui a faim lui. En fait, tu es soupe au lait comme mon père ! Tout est prêt, on va quand même manger ensemble. Je t'ai dit, Alejandro, que ça allait pour demain, c'est réglé, je te dépannerai.

Et voilà que Federico se met à pleurer, à cause du ton qui a monté. Les enfants ont peur des disputes entre adultes, ai-je dit. On se reparlera plus calmement un autre jour, allez, viens te mettre à table.

Ça va, s'est rétracté Alejandro, je vais rester, mais ne me comparez pas à votre père, je vous en prie. Le nuage était passé, son regard s'était éclairci. On ira manger ensemble au Malvón un de ces jours, a-t-il proposé, je veux vous faire connaître ce café sympa. Je demanderai à Olivia de garder Federico. Excusez ma réaction, ça faisait quelque temps que je n'avais plus repensé à mes parents ni à mes grands-parents adoptifs, je croyais m'en être sorti, mais ça me chavire encore. Peut-être qu'à force d'en parler, ai-je dit, on se débarrassera de tout ça. Ce sont de grandes blessures, il faut leur donner le temps de guérir. Vous les avez guéries, vous, vos blessures d'enfance, Éveline ? Oui, un peu, à mon âge, j'ai eu le temps de les ressasser bien des fois.

Au fond de moi, cependant, je n'étais pas certaine du tout que les blessures d'enfance puissent guérir un jour. Peut-être que nous les soignons en nous confiant aux autres *ad nauseam,* mais ces petites tumeurs cancéreuses restent en veilleuse, attendent le moment de se manifester à nouveau.

Je ne veux pas revenir sur votre refus de garder le petit, a dit Alejandro, mais je ne comprends pas trop votre raisonnement. Vous êtes encore belle, vous pourriez travailler, être utile, mais vous préférez ne rien faire. Vous m'expliquerez mieux un autre jour. Moi, je ne comprends pas ton intransigeance, Alejandro. Le rapport entre la beauté et le travail, par exemple.

Il doit être bien, ce petit resto, ai-je dit pour changer de sujet au plus vite. Violaine a failli nous y emmener, Federico et moi, cet après-midi. Mais il avait trop faim et il ronchonnait, alors on a plutôt mangé sur Santa Fe. Ah oui ? a simplement dit Alejandro en coupant des petits morceaux de viande pour Federico. Qui est Violaine ? Oh ! c'est une Française qui a émigré en Argentine avec son amoureux. Elle était enceinte, elle a accouché à Buenos Aires dans des conditions difficiles, mais elle a choisi d'y rester pour toujours. C'est surprenant, ça, j'aimerais la connaître. Un jour, je te la présenterai, ai-je dit en touillant la salade. Je n'en revenais pas à quel point Alejandro ressemblait à Jonathan. Même chevelure abondante, mêmes lunettes sur le bout du nez, même stature élégante, même goût de mordre dans la vie. Même genre de soupe au lait aussi. Federico n'a presque rien mangé tant il était fatigué. Son nez coulait et il avait les yeux rouges. Je pense que ton fils a un rhume. Alejandro a haussé les épaules en disant que les enfants avaient toujours le nez morveux. Oui, je sais, Alejandro, mais j'oublie.

Ils sont partis aussitôt après le repas. J'avais un peu hâte que ça finisse, j'étais épuisée.

Plus tard dans la soirée, Alejandro m'a rappelée pour me remercier. Et puis, je ne vous emmènerai pas Federico demain, ma sœur fait relâche et elle s'en occupera. J'ai repensé à tout ça, et je me suis dit que j'avais été injuste. Et pour me faire pardonner, je vous invite dès samedi prochain au café Malvón. Oui, je veux bien y aller avec toi, Alejandro. Merci de l'invitation. Alors, c'est dans le sac, je passerai vous prendre vers midi. Non, pas nécessaire, j'irai à pied, j'adore marcher dans Buenos Aires.

Quand j'ai replacé le combiné, je me suis mise à trembler. Est-ce qu'il essaiera de me convaincre à nouveau de garder le petit ? Pourquoi s'intéresse-t-il à moi ? Suis-je parano ? Pourtant, j'aime bien quand ils sont là tous les deux, Federico et lui. Et puis non, non, non, je ne veux surtout pas m'engager dans quoi que ce soit. Je suis venue à Buenos Aires pour me désengager de tout, de mon grand amour mort, de mon passé, de mes parents décédés, de mon fils, de mes petits-enfants. Faire une répétition générale de ma disparition. Jouer à la morte, apprivoiser le néant.

M'est alors revenue la scène de Juliette qui voulait gaver mon frère de son amour, qui osait tout pour s'approcher de Larry Perron, le grand comédien, son idole. Alejandro aurait-il quelque intérêt à me courtiser ? Non, c'est impossible, nous avons une énorme différence d'âge, et il ne connaît pas tellement mon frère. Tout ça s'est embrouillé, mais j'étais si fatiguée que cet étrange sentiment a fini par se dissiper. J'ai cherché le sommeil en écoutant sur YouTube la voix hypnotique de Cortázar lisant des extraits de la lettre de la Maga à son fils Rocamadour. *Bebé Rocamadour, bebé, bebé Rocamadour.*

24

Je me demandais pourquoi resurgissait sans cesse l'histoire de mon père. Est-ce que je ne l'avais pas encore assez racontée, telle une droguée en manque de sa dose ? Comme c'est Mafalda qui avait ouvert la cicatrice en me parlant de son père à elle, j'ai décidé d'aller me faire coiffer pour lui reparler du mien. Une fois installée devant sa grande psyché, je l'ai relancée. Mon père a eu, lui aussi, une aventure avec une femme beaucoup plus jeune que lui, mais contrairement au tien, il ne lui a pas fait de bébé. Ah oui, a dit Mafalda, distraitement, mais il ne faut plus penser à nos pères, il n'y a rien de bon là-dedans. Moi, je préfère rêver à l'avenir, je veux partir de Buenos Aires, cette ville n'est qu'une étape pour moi. Je veux étudier le design de maquillage en Italie. Si j'avais eu assez d'argent pour payer mon billet d'avion, je serais partie directement de Bogotá à Milan. Pourquoi l'Italie, Mafalda ? *Italy is the best,* a-t-elle proclamé en massacrant l'anglais. Parce que c'est mon rêve et que les Italiens sont les meilleurs du monde en design de beauté. La beauté d'un visage ne se fabrique pas, ai-je pensé, et on a cessé de parler pendant un bon moment. Je lui ai demandé pourquoi elle semblait si fatiguée. C'est que, la veille, elle était allée à un concert de Creamfields. Mais qui est Creamfields? ¿En serio? Vous ne connaissez pas Creamfields? Bien non, Mafalda, sérieusement, je n'en ai jamais entendu parler. Mais, Eva, ils font des concerts de musique électronique partout dans le monde. Il n'y a pas de musiciens sur scène, seulement des DJ. Ça se passait dans la réserve écologique de Costanera Sur, on a pris le métro jusqu'à la station Catedral, on a marché à travers la Plaza de Mayo pour aboutir à Puerto Madero. Il y avait plein de groupes de musique électronique. Des DJ seulement, ai-je insisté, étonnée, et personne ne jouait d'un instrument? Elle a haussé les épaules comme une ado devant sa mère has been. Oui, bien sûr, c'est courant, il y avait seulement des DJ, il y en avait plusieurs, mais le plus important, c'était le groupe Underworld. Comme je fronçais les sourcils, elle a jeté un regard de désespoir au plafond. Vous ne connaissez pas Underworld, Eva? Je m'appelle Éveline, Mafalda. *Sí, sí, Eva, lo sé.* Ouais, tu le sais, mais tu continues quand même à déformer mon nom. Comme si je n'avais rien dit, elle a continué de m'expliquer tout ça. C'est le groupe qui a fait la musique de *Trainspotting*, le film. Ah! oui, je l'ai vu, ce film, il y a longtemps, à Rouyn-Noranda, au Festival de cinéma. Ouf, heureusement que j'avais ce petit point de repère, j'ai senti que je passais d'australopithèque à homo sapiens. Des scènes sanguinaires dans un train à la limite du tolérable, c'est tout ce qu'il me restait de ce film. Et il y avait beaucoup de monde au parc de Puerto Madero? Oui, des dizaines de milliers de spectateurs. On a dansé toute la nuit de samedi à dimanche. Même si j'ai dormi toute la journée hier, je suis encore épuisée.

Il y avait longtemps qu'elle avait fini de me coiffer, et comme elle n'avait pas d'autres clientes, elle m'a offert un café. Vous m'avez dit tout à l'heure que votre père était comme le mien, mais vous n'avez pas continué. Une autre fois, Mafalda, merci pour le café, je t'inviterai chez moi, tiens. Pour le moment, je suis exténuée moi aussi juste de t'entendre parler de ta nuit électronique à Puerto Madero. Oh oui, a dit Mafalda, j'aimerais bien aller chez vous, je ne connais personne à Buenos Aires, sauf mon petit ami et une autre coiffeuse colombienne. OK, Mafalda, on arrangera quelque chose. ¡Hasta la semana próxima! et je suis sortie dans le brouhaha de la rue Junín pour aller faire un tour du côté du cimetière de Recoleta.

Je suis en sursis dans Buenos Aires. Je ne suis pas malade, mais à soixante-dix ans, mes forces déclinent. L'échéance m'atteindra en plein cœur un bon matin, c'est ce que je me disais en me laissant porter par la rumeur de cette ville en fleurs. C'est loin de moi, c'est loin de la mort autant que de la vie réelle. C'est comme le jour où, adolescente, un garçon m'a embrassée pour la première fois. Plus rien n'existe, la vie est en suspens. On voudrait passer à autre chose, mais on reste sur ses gardes.

Quand je suis arrivée près du cimetière, un homme y distribuait des dépliants dans lesquels on expliquait où trouver la tombe d'Eva Perón. J'ai dit merci, non, j'y suis déjà allée. Comme je n'avais pas le goût de me promener dans le village mortuaire, j'ai flâné dans le parc près des stands d'artisans. Même encerclée de mendiants et de vendeurs de bijoux, de sacs de cuir, de babioles, je suis restée dans ma bulle et j'ai pensé à ma mère qui aurait tant aimé être avec moi, tout près de son idole.

Vers l'automne 52, quand l'école a recommencé, ma mère avait cessé de parler d'Eva Perón. Maintenant, avait-elle décrété, il faut l'oublier, c'est du passé. Puis elle s'était tournée vers Édith Piaf. Cette mendiante de rien du tout, laide comme une puce, vois-tu, Éveline, me donne la chair de poule chaque fois qu'elle chante *La Vie en rose*. Elle vient de se marier à New York, Marlene Dietrich était son témoin. Marlene Dietrich, tu te rends compte? La plus grande actrice de tous les temps, disait-elle en se mettant au piano.

Ma mère connaissait par cœur les mots de *La Vie en rose*. Le dimanche soir, elle se maquillait comme une actrice et se parfumait. On l'entourait, mon père, mon frère et moi, pour chanter les chansons qu'elle entendait à la radio. C'est peut-être là mon plus beau souvenir d'enfance, ce moment où, agglutinés autour de ma mère au piano, nous faisions passer la musique par-dessus notre pauvreté, nos mensonges, nos angoisses. Ma mère m'interrompait parfois. Tu ne chantes pas juste, Éveline, rapproche-toi de Larry, il a plus d'oreille que toi. C'est vrai que mon frère avait plus de talent « naturel » que moi. Ma mère trouvait qu'il n'avait pas besoin de travailler autant que moi pour réussir.

J'ai pris le chemin du retour, cette fois en passant par del Libertador, pour revoir les jacarandas. Tout en foulant les pétales mauves sur l'immense trottoir, je continuais de penser à ma mère et à ses idoles. Son champ d'admiration pour Eva Perón et Édith Piaf s'était enrichi avec l'accident de la reine Astrid de Belgique. Elle est de sang royal, disait-elle. Dans sa grande collection de cartes postales, il y en avait plusieurs qui étaient estampillées à l'effigie de cette reine, mère de famille, tuée sur la route alors que son mari était au volant. Il s'en est tiré, lui, disait-elle avec émotion en feuilletant ses fameux albums. Elle était si belle, renchérissait ma mère, et puis elle était si jeune. Tu aurais aimé aller en Belgique, maman ? Non, c'est trop loin, et ton père n'aime pas voyager. Mais toi, Éveline, tu iras en Europe, tu voyageras. Peut-être que tu deviendras célèbre. On va te faire instruire pour que tu ne sois pas à la merci des hommes. Maintenant que les femmes ont le droit de vote.

Dans sa vénération des reines et des actrices, il y avait quelque chose de l'embaumeur qui sanctifiait Eva Perón. Elle n'aurait certainement pas approuvé l'amour morbide qu'éprouvait cet homme pour le corps inerte d'Eva. Elle ignorait qu'il infusait des acides dans les veines de sa poupée morte, qu'il la maquillait et la caressait comme si elle avait été vivante. Elle n'aurait pas non plus approuvé toutes les histoires de cœur qu'avait eues Eva jeune fille. Elle a couché avec Juan Perón avant de le marier, concédait-elle, ce qui est un péché. Mais tu comprends, Éveline, que cette femme généreuse a tellement donné d'argent aux pauvres qu'on peut tout lui pardonner. Tu m'aurais pardonné une telle chose ? lui avais-je demandé. Ce n'est pas pareil, avait-elle répondu, à ton âge, elle était beaucoup plus démunie que toi. Elle était si pauvre, la pauvre. Mais, maman, d'où vient tout cet argent ? Ce n'était pas son argent à elle vu qu'elle-même était pauvre. C'est toi qui me l'as dit. Ce n'est pas important, avait répondu ma mère, elle est devenue riche en épousant un président. C'est riche, un président, tout le monde le sait, mais Eva était assez intelligente pour savoir où trouver l'argent. Elle a dû faire des sacrifices, quand même !

Ma mère, qui pardonnait tout, disait qu'il ne fallait pas s'attarder aux défauts des bienfaiteurs. Le plus important était qu'Eva avait fait construire des écoles, des hôpitaux, des maisons pour les démunis. Elle s'est vengée de la misère de son enfance. Elle avait le tour, avec les hommes, ajoutait ma mère. Ils sont si faibles devant la beauté des femmes. Une belle femme peut faire ce qu'elle veut d'un homme. Toi, tu n'es pas une beauté, mais tu as du charme. Le charme, c'est important. Eva aurait dû vivre plus longtemps pour pouvoir soulager encore plus de pauvres, mais le bon Dieu lui a enlevé la vie par son utérus, par là où les bébés naissent. On ne peut pas tout comprendre.

Intarissable, elle rattrapait, habile, le filon qui faisait rebondir l'histoire, le début d'une scène qui briserait la trajectoire du parfait bonheur. Puis, à un moment donné, en filigrane, surgissait l'inéluctable destin. La maladie de la vie. Et c'est là, seulement là, que ma mère mettait des trémolos dans sa voix avec quelques hésitations. Elle était si jeune et si belle. Comme la reine Astrid. Quel gaspillage !

Plus je vieillis, plus les yeux hagards de ma mère perdue dans la forêt de ses mots viennent me hanter. J'ai maintenant l'âge qu'elle avait au début de sa perte graduelle de mémoire. Quand je mets du rouge à lèvres, c'est comme si je la voyais se pincer les lèvres devant mon miroir.

Comme la mère d'Eva, qui a envoyé sa fille à Buenos Aires pour qu'elle y fasse carrière, elle m'a larguée au pensionnat pour que j'étudie, que je sois une autre, que je me forge un destin différent du sien, que je sois « meilleure » qu'elle. Elle savait que je ne retournerais pas en Abitibi. Tu resteras dans une grande ville, me disait-elle, là où, sans doute, j'aurais pu, moi, faire une carrière d'actrice. Toi, Éveline, tu n'es pas douée pour le théâtre, mais tu es bonne à l'école et tu seras quelqu'un.

J'ai suivi ses instructions à la lettre. Je n'ai rien décidé, j'avais confiance en celle qui m'avait façonnée. À son image, mais en plus élaborée. Très jeune, elle cultivait déjà l'art d'oublier, elle savait comment bloquer sa peine pour faire place à l'énergie. « C'est dans la perte que l'on progresse », disent Deleuze et

Guattari, ces deux philosophes déjantés. Je veux bien les croire de toutes mes forces, mais je suis l'aiguille aimantée de la boussole qui cherche le nord, mon nord à moi, mon lieu d'origine. Malgré mes déplacements, mes voyages, l'aiguille s'accroche sur un vieux 33 tours. Même refrain en mode mineur, toujours. Une cicatrice, c'est une cicatrice. Elle couvre une blessure sans la nier. La vieillesse, comme une cicatrice de la vie.

25

En regardant distraitement une émission de télé sur Eva Perón, j'ai fouillé dans Internet pour savoir plus précisément comment le reste du monde avait commenté ses funérailles. Dans un article du *New York Times* daté du 27 juillet 1952, les auteurs, tout comme moi depuis mon arrivée à Buenos Aires, cogitaient sur les raisons de sa fabuleuse ascension. « Tel un météore, disaient-ils, elle a fait une brève carrière à la radio et au cinéma avant de devenir la première dame de son pays et l'une des femmes les plus influentes de l'Occident. »
Et me voilà repartie sur les points cardinaux qui ont tout faux. Même si la terre est ronde, on se situe toujours par rapport à l'Europe, au point d'ancrage universel. C'est aussi relatif que la prépondérance du Nord sur le Sud, dirait la Mafalda de Quino, c'est un choix de vocabulaire qui nous informe sur celui qui est arrivé le premier, qui a dominé l'autre, qui l'a colonisé. Ça tourne en rond comme la terre autour du soleil.

Dans ce même article du *New York Times*, on disait qu'Eva Perón avait déjà ses détracteurs qui, contrairement à ses partisans pour lesquels elle avait le statut d'une éblouissante déesse *(dazzling goddess)*, n'avaient pas de mots assez forts pour exprimer leur antipathie et leur jalousie envers la blonde femme du président. N'empêche qu'en 1943, quand elle a rencontré Perón, elle gagnait plus de 15 000 dollars par mois comme actrice, une somme faramineuse qui pourrait, en calculant l'inflation, se comparer grosso modo au salaire actuel des joueurs de hockey des Rangers de New York. Est-ce vrai qu'elle était si riche lors de son mariage avec Juan Perón ? Impossible de le vérifier parce que la vérité se divise en deux et s'annule constamment entre les dires des péronistes et ceux des opposants. Dans les journaux, on parle encore aujourd'hui des nombreux procès entraînés par l'héritage d'Eva, une fortune pour laquelle il y a eu des luttes féroces entre sa famille et Isabel Perón. La troisième femme de Juan Perón en profite encore, dans son repaire de la banlieue de Madrid. Elle dit qu'elle déteste la politique, qu'elle ne veut plus en parler. Elle fait bien de se garder une petite gêne après avoir été destituée lors d'un coup d'État ayant provoqué des milliers de morts et de disparitions. Misère.

Mais on ne sait toujours pas, de nos jours, d'où exactement provient la fortune d'Eva Perón, celle qui lui a permis tant de prodigalité. C'est la question que je posais déjà à ma mère en juillet 1952. Ça arrive, disait-elle, c'est comme les reines roturières qui passent d'un jour à l'autre de *nobody* à *somebody*. Cette histoire de princesse que ma mère racontait en repassant ses taies d'oreiller brodées continue de me chicoter. Que font tous ces grands riches avec leurs fortunes accumulées ? Plus ils donnent de l'argent, plus ils en ont, semble-t-il. Ma mère avait déjà compris le manège parce que, du néant où elle habite, elle me souffle encore à l'oreille que j'aurais dû faire une Eva Perón de moi-même, ou une Édith Piaf, ou une Marlene Dietrich, *name it*. Mais maman, j'ai tout raté, je n'ai rien fait d'autre que de corriger des épreuves pour gagner ma vie et avoir un enfant, deux choses qui se font dans l'ombre et qui n'ont aucune valeur en bourse. Je ne chantais même pas juste quand nous entonnions *La Vie en rose* ces dimanches soir de musique derrière nos fenêtres au « jardin de givre ».

Le bât a blessé, blesse encore. Je n'ai aucun *fan* et je ne suis *fan* de personne. Contrairement à la Juliette de mon père, je n'ai aucune idole, je n'adore aucune royauté, divinité, célébrité. Même Eva Perón, je ne la vénère pas. Elle me poursuit, c'est tout, depuis que je suis à Buenos Aires. Elle me hante, je veux éclaircir son mystère, je prendrai le train pour aller à Los Toldos, là où elle est née, voir d'où elle vient. Je ferai ce pèlerinage qui me mènera aussi à Junín, cette ville où elle a vécu après la mort de son père et où elle s'est mariée avec Juan Perón. Sur les photos de Junín, il y a de la poussière et du bétail. Des rues en terre, comme certaines rues de Ville-Marie, au Témiscamingue, quand, petite, j'allais en vacances à la ferme de ma grand-mère. Fin des années quarante, début des années cinquante, Ville-Marie, c'était un peu comme Los Toldos, et j'aurais pu être la sœur d'Eva. Sa petite sœur bâtarde.

26

J'étais sans nouvelles d'Alejandro et de Violaine depuis quelques jours. Je ne les avais pas relancés non plus, mais je commençais à me sentir très seule. C'est normal, me suis-je dit, ce ne sont pas encore de vrais amis, je ne les connais pas tellement. Antoine restait en moi comme un membre fantôme, et je me surprenais parfois à vouloir des conversations. J'ai encore rêvé de mon père, lui dirais-je, en buvant mon café dans le matin brumeux. Arrête, me chuchoterait-il à l'oreille, arrête de ressasser les vieilles histoires de ton père et de son amoureuse de coiffeuse. Ce n'est pas fini, lui répondrais-je, je suis venue si loin pour oublier toutes ces choses qui me rattrapent de plus belle. Tu n'es plus là, mais j'ai besoin de t'en parler comme si tu étais là, près de moi, en chair et en os. Tu étais mon meilleur confident, mon ami, tu me manques. Alors, fais comme d'habitude, ma chère Éveline, va voir un psychologue! Après tout, tu es dans la ville du monde où il y a le plus de psys par habitant. Parler de cette histoire à quelqu'un de complètement étranger te ferait plus de bien que de laisser s'enrouler le boa dans ton cerveau. Laisse, Antoine, repose-toi, je vais me débrouiller. Une fois je me suis même surprise à entendre ma propre voix dans la cuisine. J'ai alors eu peur de régresser, de devenir une petite vieille au bord de la démence.

Je me suis vite ressaisie en pensant à Mafalda à qui j'avais promis une invitation et je suis passée à son salon pour la lui rappeler. Peux-tu venir ce soir ? Je ferai quelque chose de simple. *Claro que sí,* a-t-elle répondu en me décochant un clin d'œil. Ça tombe bien, je suis libre. À quelle heure ? Vers vingt heures trente ? Oui, ça va, Mafalda, mais… tu ne pourrais pas venir un peu plus tôt ? Mais je termine seulement à vingt heures, a dit Mafalda. C'est vrai, j'oublie que les Argentins mangent très tard, presque au moment où je me mets au lit. Alors, marché conclu, voici mon adresse, tu sonneras au 803, je viendrai te chercher dans l'entrée de l'immeuble. *Ciao, hasta la vista.*

En revenant de ma promenade, j'étais fébrile. Au supermarché Carrefour de l'avenue Santa Fe, j'ai acheté un poulet, des légumes et aussi des pommes pour en faire une tarte. J'échafaudais des plans pour intéresser Mafalda aux amours de mon père avec sa Juliette. Peut-être que ça ne donnera rien, me disais-je, que je la garderai griffonnée indélébile sur mon cœur jusqu'à ma mort, cette histoire-là. Je l'ai racontée au moins cent fois à cent personnes, mais je n'ai jamais pu la vomir. Je repensais à Larry, comment il avait réagi à mon malaise vis-à-vis de Juliette. Je sais qu'elle a un œil sur moi, avait-il dit brusquement, mais elle aime peut-être papa pour de vrai, ou pour son héritage. Elle sait très bien que j'habite à l'étranger maintenant, que j'ai d'autres chats à fouetter, que j'ai une femme là-bas, tout. Tu t'en fais trop, Éveline, relaxe, il saura bien se défendre. Serais-tu jalouse, par hasard ? Serais-tu jalouse ? Sa question poignard m'avait laissée bouche bée. Tu me niaises ? avais-je fini par lui répondre. Était-ce un réflexe de défense ? Je me le demande parfois. Mais je ne croyais pas que mon père, si près de ses sous, aurait donné son argent à Juliette. D'autant plus qu'en l'aidant à faire ses comptes, je n'avais pas noté de transaction douteuse. Ce que voulait cette femme, c'était entrer dans la famille pour toucher au revers de veston de son comédien adoré.

Pour réaliser son rêve de groupie, elle avait élaboré sa stratégie : séduire d'abord le père de son idole, puis amadouer sa fille en cas de difficulté. Le stratagème avait fonctionné pendant un certain temps. Mon père lui avait offert quelques cadeaux, dont la bague de ma mère, bien sûr. Elle s'en était vantée d'une manière détournée une fois que j'étais venue fêter Pâques avec mon père. Nous étions seuls tous les deux, tranquilles, et au moment où on s'apprêtait à manger, Juliette était entrée sans sonner. Je fais comme chez moi, avait-elle dit jovialement en s'assoyant près de mon père. Je viens t'aider à faire la vaisselle. Disant cela, elle avait enlevé ostensiblement sa bague. C'est un cadeau de votre père, elle est en or, c'est la bague de fiançailles de votre mère, elle vaut très cher. Pas question de la porter pour faire la vaisselle.

J'ai éclaté de rire en repensant à cette histoire de bague, c'était la première fois que ça m'arrivait, et j'ai fredonné *Parlez-moi d'amour* en préparant le repas. Mafalda s'est pointée vers vingt et une heures, fraîche comme une rose malgré sa longue journée de travail. Elle avait apporté une bouteille de vin et un bouquet de *alegrías del hogar*. Comme il faisait très chaud, on a pris l'apéro sur le balcon. Alors, m'a-t-elle dit, que vouliez-vous tant me raconter à propos de votre père ? *Oh yes !* Mafalda.

J'ai commencé par l'histoire de la petite robe bleue de ma mère qu'il voulait que je porte devant lui et qu'il avait ensuite refilée à Juliette. *Rocambolesco*, c'est le mot que Mafalda a utilisé. Pourquoi vous en faites-vous autant ? Vois-tu, Mafalda, c'est que je ne saurai jamais si Juliette a vraiment aimé mon père. Tout ce que je sais, c'est qu'elle voulait surtout séduire mon frère. Aussitôt que Larry annonçait sa visite, mon père insistait pour que Juliette fasse partie de la famille, partage les repas qu'il lui demandait de préparer. Il entrait dans son jeu, disant qu'il avait besoin d'aide pour le ménage et la cuisine. Mais, au fond, c'est Juliette qui s'immisçait dans sa vie et dans notre vie en le manipulant. Elle se dandinait autour de mon père, lui caressait furtivement le cou, les cheveux, lui bécotait les joues.

Mafalda s'est mise à rire. C'est comme si vous aviez été un peu jalouse, a-t-elle dit. Vous auriez dû vous en réjouir, parce que cette femme généreuse s'occupait de votre père presque à plein temps. Elle vous délivrait de tâches fastidieuses, non ?

C'était une flagorneuse, cette fille, Mafalda. Je n'ai jamais cru à ses flatteries. Comme vous êtes belle, me disait Juliette. J'aimerais être aussi magnifique que vous quand j'aurai votre âge, vous ne faites vraiment pas vos soixante ans. Vous avez un port de reine, vous savez. Pfft, avais-je envie de lui répondre. Son empressement de sœur de la Charité me donnait la nausée. Elle avait envahi notre territoire tout en gardant ses arrières parce qu'elle vivait toujours avec son mari même si elle se disait divorcée. Va donc comprendre.

Alors là, peut-être que je commence à saisir quelque chose, a dit Mafalda, et je vois que c'est très compliqué. Votre poulet est excellent, vous me donnerez la recette ? Bien sûr, Mafalda, c'est très facile. Votre mère le faisait comme ça ? Non, Mafalda, ma mère mettait le poulet au four, tout nu, sans oignons, rien. Elle détestait les oignons. Vous aimiez votre mère ? m'a demandé Mafalda. Oui, je l'aimais, c'était une personne très digne, généreuse malgré sa froideur. Mon père était plus chaleureux, mais seulement devant des étrangers. Avec nous, avec moi surtout, il avait des sautes d'humeur incroyables que seule ma mère pouvait supporter et excuser. Il était peut-être bipolaire, a dit Mafalda. Je n'ai jamais pensé à ça, c'est possible, mais personne ne parlait alors de cette maladie-là. Et maintenant, continuez, a dit Mafalda. Vous avez subi encore longtemps les flatteries de Juliette ?

Non, un jour qu'elle délirait presque sur ma supposée beauté, j'étais sortie de table brusquement.

J'avais attrapé mon manteau et j'avais marché longtemps en direction de la mine désaffectée.

Disant cela, je me suis mise soudain à pleurer, je ne pouvais plus m'arrêter et Mafalda s'est levée pour m'entourer de ses bras. Calmez-vous, a-t-elle dit, vous devriez penser à autre chose. Tu as raison, Mafalda, mais c'est plus fort que moi. Je me suis ressaisie tranquillement. J'étais soulagée, comme des années plus tôt dans la ruelle graveleuse, sanglotant comme une Madeleine. La fonderie de cuivre qui étendait ses tentacules dans le ciel d'acier avait fini par me calmer avec son ronron familier. Je m'étais alors dit que Juliette avait pris mon père en otage, que je devais l'accepter, qu'il était fou de cette femme, qu'il savait pertinemment qu'elle l'utilisait pour atteindre mon frère, son idole. Quand j'étais revenue chez mon père, il était seul et j'étais prête à me réconcilier avec lui, à accepter que Juliette squatte la maison de mon enfance.

Il était content que vous reveniez, j'imagine, a dit Mafalda. Non, pas du tout, il était très en colère. Il a froncé les sourcils comme il le faisait pour me réprimander quand j'étais petite. Tout d'une traite, il m'a crié de repartir chez moi retrouver Antoine, qu'il n'avait pas besoin de mon aide, que Juliette venait chaque jour voir s'il allait bien, heureusement. Il avait ensuite filé dans sa chambre et avait claqué la porte. Je suis repartie à Montréal le jour même et il ne m'a plus appelée pendant plusieurs mois. Je n'existais plus, point barre.

Tu es jalouse, voilà ce que m'a dit Antoine à mon

retour, comme Larry, et tout comme toi tu viens de me le dire, Mafalda. J'aurais voulu en parler à mon frère, mais je n'arrivais pas à le joindre, comme d'habitude. Il a fini par m'envoyer un courriel. Arrête de t'en faire pour si peu. Sois moins égoïste, Éveline, laisse-le profiter de ses derniers petits plaisirs d'amour avant de mourir. Ça lui redonne du tonus, ne sois pas si *cheap*. Ce qui te fait du mal fait du bien à notre père. Il fait beau à Lausanne, je pars en tournage en Estonie. Larry. C'est à peu près ça qu'il a trouvé pour me calmer, te rends-tu compte, Mafalda?

Elle s'est mise à rigoler. Il est drôle, votre frère, a-t-elle dit. Ah! non, Mafalda, au lieu de me consoler, mon frère avait enfoncé le clou. Il m'a même écrit en post-scriptum que je devrais me faire soigner, que ça pressait, que j'étais bien malade.

Vous êtes allée voir un psy? Non, Mafalda, c'était peine perdue. J'ai bien essayé de comprendre pourquoi j'avais tant de chagrin. Et vous n'avez plus eu de nouvelles de votre père? En fait, Mafalda, beaucoup plus tard, aux alentours de Noël, alors que je l'avais un peu oublié, il a rappliqué. On peut au moins se souhaiter un joyeux Noël, m'a-t-il dit, à défaut de fêter ensemble. Parce que ça m'a l'air que vous viendrez pas me voir aux fêtes cette année, toi et ton Antoine. À ce moment-là, je lui ai rappelé qu'il avait la compagnie de Juliette. Il m'a répondu que Juliette ne pouvait pas, parce qu'elle devait passer les fêtes avec sa famille, son mari, ses enfants. Puis il s'est raclé la gorge avant de cracher le morceau.

J'aimerais ben ça que tu me dises pourquoi tu veux pas voir Juliette. Elle est si gentille et généreuse, et elle me fait du bien. Qu'est-ce que vous avez répondu à votre père ? Oh, là, j'ai vidé mon sac. C'est pas ça, papa, je ne la connais même pas, la seule chose qui me chagrine c'est que je pense qu'elle ne t'aime pas. Au contraire, tu sauras qu'elle m'aime, elle me le répète souvent, et je l'aime aussi. Mais, papa, ça ne te gêne pas qu'elle soit mariée, qu'elle vive toujours avec son mari ? Eh ben ! ma fille, tu as des préjugés, maintenant ? Pis c'est pas de tes affaires, c'est ma vie personnelle.

Il était coloré, votre père, a dit Mafalda en s'esclaffant. J'aurais aimé le connaître. C'est comique, quand même, un vieux qui fait la leçon à sa fille.

Mais moi, Mafalda, je n'avais pas le goût de rire, il m'avait prise au dépourvu, lui, le justicier, le donneur de leçons qui m'avait blâmée, tu imagines, quand j'avais failli me séparer de mon mari. Tu fais une vie de dévergondée. C'est ce qu'il avait eu le culot de me dire. Et là, il m'accusait d'avoir des préjugés. Misère !

Finalement, avant de raccrocher, il m'a dit qu'il voulait simplement nous souhaiter joyeux Noël, à moi et à Antoine. Je lui ai répondu qu'il me faisait de la peine. Puis, il m'a quittée en disant qu'il ne me ferait plus de peine parce qu'il ne me rappellerait plus jamais.

Pourquoi pensez-vous à tout cela maintenant ? m'a demandé Mafalda. Vous êtes si triste. C'est dommage, le repas était délicieux, j'ai adoré votre tarte aux pommes. Où l'avez-vous achetée ? Je l'ai faite moi-même, ai-je dit, et puis je m'excuse d'avoir gâché ta soirée avec cette histoire abracadabrante. Ouf ! m'a-t-elle répondu, chacune son tour. Vous m'avez bien écoutée quand je vous ai raconté l'histoire de mon père. J'adore les sagas familiales. La vôtre a des petits côtés rigolos quand même. Vous devriez prendre de la distance, tâcher d'oublier. Je dois rentrer, il se fait tard et je travaille demain matin. Elle m'a serrée dans ses bras. Ne vous en faites pas, tout est fini maintenant. Ne vous en faites pas.

27

Après le départ de Mafalda, j'ai allumé la télé, toute penaude, me disant que j'étais un monstre, que j'avais utilisé Mafalda. Ce repas aurait dû se passer sous le signe de l'amitié, de l'ouverture, de la bonne humeur et voilà que j'avais régurgité pour la énième fois ma vieille affaire de père. J'ai honte, me suis-je dit, je pourris sur place à macérer dans cette niaiserie.

Peut-être que ce qui m'agaçait et qui resurgit depuis ma rencontre avec Alejandro, c'est cette image d'un vieillard tout ridé en train d'embrasser une jolie coiffeuse à moitié moins âgée que lui. Entre quatre-vingt-huit ans et quarante-quatre ans, il y a toute une différence, mais c'est sensiblement la même qu'entre Alejandro et moi.

Lors de mes premières balades à Buenos Aires, je suis entrée une fois au fameux café Tortoni. Après avoir fait la queue pendant plus d'une demi-heure, j'ai réussi à m'attabler dans ce lieu culte pour prendre un café et une *medialuna*. Comme attraction, il y avait une table autour de laquelle se tenait un Borges statufié grandeur nature à côté de Gardel et d'Alfonsina Storni, une poète moins connue qui avait plutôt l'air d'un homme.

Si Borges s'animait, que nous dirait-il de María Kodama, sa femme de trente-huit ans sa cadette, sa légataire universelle épousée un mois et demi avant sa mort ? Il éprouvait sans doute une sorte d'amour pour celle qui l'accompagnait partout et qui lui rendait moins pénible sa cécité. Elle aussi l'aimait et l'aime encore, puisque, bien des années après sa mort, elle s'occupe à garder vivante l'œuvre de Borges. Les mauvaises langues disent qu'elle en tire aussi des profits. Allez savoir.

En rentrant chez moi cette fois-là, j'ai aussi pensé à Pablo Casals, le célèbre violoncelliste dont la dernière femme, Marta, avait soixante ans de moins que lui. Ça arrive et ce n'est pas de nos affaires, comme disait mon père, mais ça reste étonnant qu'une jeune femme s'éprenne d'un vieillard tout décati. Tombaient-elles amoureuses de ces hommes ou bien de leur célébrité ou de leur fortune seulement ? Quelle question mesquine, me dirait Larry, c'est normal, c'est la vie, c'est tout. Je me demandais pourquoi Juliette avait embrassé mon père en plein après-midi comme elle l'avait fait quand je les avais surpris. Se serait-elle laissé embrasser, n'eût été mon frère si riche et si célèbre ?

Tout cela me revenait pendant qu'à la télé, Cristina Kirchner mettait en évidence ses grands ongles manucurés pour commenter les élections. Juliette avait les mêmes griffes lorsqu'elle avait enlevé sa bague de façon ostentatoire pour faire la vaisselle. Comment ces femmes s'arrangent-elles avec leur motricité fine pour exécuter des tâches qui demandent de la dextérité manuelle ? Cristina a du personnel qui s'occupe de faire la cuisine, mais Juliette était elle-même le personnel de mon père.

Les ongles longs, les lèvres pulpeuses, les souliers à talons hauts et les cheveux de déesse ont toujours la cote. Mais pourquoi Cristina, femme de pouvoir et d'intelligence, cultive-t-elle ce look de star hollywoodienne ? Je n'arrive pas à la croire, son image me dérange, je ne sais trop pourquoi. Il n'y a pas de milieu. À l'opposé, des femmes de pouvoir, comme Angela Merkel ou Pauline Marois, se pensent obligées de porter des costumes aussi sobres que ceux des hommes pour être crédibles.

Dans son commentaire, la journaliste de TN ne parlait même pas du contenu du discours de Cristina, mettant plutôt l'accent sur le fait que la présidente ne portait plus le deuil de son mari, l'ex-président. Toute de blanc vêtue, Cristina resplendissait. Son parti venait de perdre beaucoup de sièges aux élections législatives, et, pourtant, elle criait qu'il fallait se réjouir. Grâce à sa beauté, elle serait toujours là pour protéger son peuple.

J'ai éteint la télé, j'en avais ma dose de l'idole, tout de même. Ma mère aurait sans doute été aussi fascinée par Cristina que par toutes ces reines mortes et ces actrices dont on n'a jamais oublié à quel point elles étaient belles à l'écran, Marilyn Monroe, Elizabeth Taylor, Ava Gardner. Ma mère si raisonnable était l'antithèse de toutes ces idoles. Par contre, la mère de mon amie Kathy ressemblait à s'y méprendre à Ava Gardner dans *Les Neiges du Kilimandjaro*. Nous avions vu ce film en cachette, Kathy et moi, au théâtre Noranda de la rue Murdoch. On disait théâtre au lieu de cinéma parce que le nom sur la marquise était écrit en anglais seulement. *Noranda Theatre*.

J'étais fascinée par la mère de Kathy, qui avait les mêmes cheveux ondulés, un maquillage parfait, des lèvres sensuelles. On aurait dit une actrice qui jouait son propre rôle dans sa maison en glissant sur la moquette vert pâle du salon. Comme dans les films, tout était propre et rangé dans la maison de Kathy, contrairement à chez moi où tout était ordinaire et sans moquette aucune! Sa mère Ava Gardner entourait Kathy de ses bras pour lui appliquer un tendre baiser sur les joues quand on rentrait toutes les deux de l'école. Elle lui proposait ensuite une collation, toujours la même, du jus de raisin Welch's trop cher pour ma mère et un biscuit acheté. Même si la rumeur courait qu'elle avait un grave problème d'alcool, qu'elle s'ennuyait à la maison toute seule à ne rien faire, j'étais jalouse, parce que ma mère ne m'embrassait jamais.

Il était très tard, je me suis soudain rappelé qu'Alejandro m'avait invitée au restaurant pour le samedi suivant. On était jeudi et il n'avait pas encore confirmé notre rendez-vous. Peut-être qu'il a dit ça comme ça, pour se débarrasser de moi, ai-je songé. Là-dessus, je suis allée me coucher, me promettant de finir ce courriel à ma petite-fille Margot, et d'en envoyer un à son frère Jonathan tant qu'à y être.

28

J'avais un goût de sable dans la bouche en me réveillant le lendemain. J'ai encore pensé à ma coiffeuse, Mafalda, et à Juliette, la coiffeuse qui n'avait que mon père comme client, en fait. J'ai décidé d'aller au salon de Mafalda pour m'excuser d'avoir gâché notre repas de la veille et pour me faire coiffer, me disant que je serais plus présentable si jamais Alejandro maintenait son invitation. Ça tombait bien, Mafalda était seule. Allongée dans le grand fauteuil pivotant, j'ai dit que je me sentais avec elle comme chez le psy. Ça va vous coûter très cher, a-t-elle répondu avec son clin d'œil taquin. J'ai exagéré hier soir, je m'en veux encore, mais quand je te vois, Mafalda, je pense à mon père, c'est plus fort que moi. Oui, je sais, c'est ma faute, quand vous êtes venue la première fois, je vous ai assommée avec l'histoire du mien. Mais avant tout, je veux la recette de votre délicieux poulet d'hier soir. C'est très simple, Mafalda, tu le fais revenir avec des échalotes et des tomates séchées. Ensuite tu déglaces avec un peu de porto et tu mets du fond de veau. Ça cuit au four à couvert pendant deux heures, tu ne t'en occupes plus. Puis, à la fin, avant de servir, tu ajoutes de la crème et un peu de coriandre à la sauce. Bon, a dit Mafalda, vous me l'écrirez, sinon j'oublierai. C'est quand même dommage que vous soyez encore prise dans votre histoire de père. C'est une histoire sans fin, Mafalda. Mais vous avez quand même le droit de me la raconter jusqu'à la fin, votre histoire sans fin. Mais non, ai-je dit, je ne veux plus t'embêter. En rentrant chez moi, hier soir, a rétorqué Mafalda, je me suis rendu compte que parler avec vous me permettait de voir d'un autre œil ce qui s'est passé avec mon père. Je ne pense plus très souvent à lui, alors que vous, vous êtes obsédée. Il y a longtemps qu'il est mort, votre père.

Face au miroir de Mafalda, véritable psyché dans laquelle on se mirait en entier toutes les deux, je me demandais si je faisais bien de retourner le fer dans la plaie. Tu as raison, Mafalda, ai-je dit, c'est une véritable obsession, mais ce n'est pas seulement toi qui as fait resurgir en moi ce que je pensais avoir enterré avec mon père. À mon arrivée à Buenos Aires, je voulais vivre toute seule pour le reste de mes jours, et voilà que je me mets à rencontrer des gens, à m'attacher à eux, comme si je me construisais une autre famille. Vous connaissez déjà plusieurs personnes ici ? Quelques-unes, oui, une Française qui s'appelle Violaine, et ma voisine de palier, Elsa. Puis j'ai avoué en hésitant que j'avais fait la connaissance d'un musicien et de son petit garçon, que j'avais gardé. J'imagine qu'il est plus jeune que vous, a dit Mafalda en rigolant, et que vous vous demandez pourquoi il s'intéresse à vous. Un peu, ai-je dit, un peu. Je le trouve gentil et tout, mais j'ai peur de m'attacher à une personne qui disparaîtra à la première occasion, comme l'a fait Juliette avec mon père. Vous êtes encore infectée par ce souvenir, a dit Mafalda, il est temps de vous opérer. Allez, videz-vous le cœur une fois pour toutes, c'est moi la chirurgienne.

Il n'en fallait pas davantage pour que je retourne sur mes rails et que je poursuive dans mon récit. Avant que Juliette entre dans le décor, il y avait eu de si bons moments entre mon père et moi que j'avais presque oublié combien je l'avais détesté dans mon enfance.

Un momento, a dit Mafalda, c'est très compliqué, tout ça, je ne suis pas une psychologue, racontez-moi simplement ce qui s'est passé. Dites-moi comment ils se sont connus, n'analysez pas, je veux des faits, que des faits !

D'accord, Mafalda. Comme je n'avais pas assisté aux balbutiements de cet amour, c'est Loulou, la femme de ménage, qui m'a tout raconté après la mort de mon père. Paraît-il qu'au début, Juliette et mon père se saluaient comme on se salue entre voisins, sans plus. Ils partageaient le même stationnement. Toujours selon Loulou, c'était une princesse, il ne lui manquait qu'un diadème. Elle avait l'habitude de rabattre sa grande écharpe derrière les épaules en jetant un coup d'œil vers la fenêtre de mon père. Elle a mis du temps avant de s'aventurer chez lui, elle n'a osé le faire qu'après avoir vu mon frère Larry dans la maison. ¿*En serio*? s'est exclamée Mafalda. *Sí, claro, Mafalda.* Ce n'est pas tout, je continue. Mon père se plaignait de nous à Loulou. Mes deux enfants sont partis, ils ne s'occupent plus de moi, une chance que j'ai ma belle Juliette pour les remplacer.

Sur la porte du frigo et un peu partout dans la maison de mon père, Juliette avait collé des *post-it*: «On ne dit pas l'amour, on le fait.» Ah! Mafalda, je ne comprends toujours pas ce qu'une jolie femme dans la quarantaine pouvait trouver de sexy chez un vieillard de quatre-vingt-huit ans. Mais comme il roucoulait de bonheur, ni mon frère ni moi n'osions détruire son rêve sucré, même si Juliette ne voulait qu'une chose: arriver à toucher la pointe du col de la chemise de mon frère, le grand comédien.

Une fois que Larry s'était ramené entre deux tournages, Juliette était folle de joie et s'était montrée si entreprenante que même mon père avait dû la calmer. Un morceau de gâteau surmonté d'une épaisse couche de crème fouettée dans sa main, elle avait foncé sur mon frère. Goûte ça, mon beau Larry, avait-elle dit, lui enfonçant la cuillère dans la bouche. C'est très bon, tu vas voir, je l'ai fait exprès pour toi. Surpris par le tutoiement et la force de l'attaque, mon frère était sorti en trombe de la maison. Furieuse, elle avait laissé tomber l'assiette par terre et s'était dirigée vers la porte sans même nous saluer. Le chien de mon père, qui l'avait suivie en jappant, avait reçu un petit coup de pied. Toi, mon petit câlice de caniche, lui avait-elle crié en sortant.

Quelle histoire, quelle histoire ! C'est drôle et ce n'est pas drôle, a dit Mafalda en s'esclaffant. Puis, j'ai été prise d'un fou rire, moi aussi. On n'arrivait pas à s'arrêter, Mafalda et moi. Que c'est ridicule, ai-je dit, tout ça pour ça. Il y avait longtemps que Mafalda avait terminé ma mise en plis et, comme elle n'avait pas d'autres rendez-vous, on s'est assises près des lavabos et elle m'a offert un café. Ils ont fini par se quitter, n'est-ce pas, Éveline ? Oui, ai-je répondu, mais l'histoire n'est pas terminée. Ce jour-là, je me rappelle que mon père m'a téléphoné à Montréal pour me dire que Juliette avait rompu avec lui. C'est de ta faute, m'avait-il dit en pleurnichant. Tout est de ma faute, comme toujours, lui avais-je répondu. Tu as monté la tête de ton frère contre Juliette, tu es cruelle, tu n'as pas voulu que ma belle amie fasse partie de la famille. Tu m'as fait perdre ma compagne, pourquoi es-tu si mesquine avec moi ? Écoute ça, ma fille, je vais te lire la lettre que Juliette a mise dans le paquet de cadeaux qu'elle m'a retournés. « Éveline a toujours été contre moi, elle n'a jamais voulu que je m'approche de toi ni de ton fils Larry, mon comédien adoré. Elle me déteste, elle est jalouse de l'amour que j'ai pour toi et ton fils. Ça m'aurait tellement fait plaisir de parler longuement avec Larry, de lui montrer toute mon affection. » C'est ça, a repris mon père. C'est ça, quoi, papa ? C'est de ta faute, ma fille, un beau gâchis. Et il a raccroché.

Tu te rends compte, Mafalda? C'est elle qui le quittait parce que mon frère ne voulait pas de son gâteau et c'est à moi qu'il en voulait. Oui, a dit Mafalda, il se doutait bien que vous aviez deviné son jeu. C'est compliqué, ces histoires de vieux pères verts, non? Et dites-moi, Éveline, qu'est-il arrivé ensuite, ils ne se sont pas réconciliés?

Non, il ne l'a plus jamais revue. Elle est partie vivre ailleurs. Son auto avait disparu, il n'y avait plus de rideaux aux fenêtres. Mon père a sonné en vain à sa porte. Il m'a téléphoné encore une fois en pleurant. Elle est partie, son mari aussi, je ne sais pas où. Je ne sais pas quoi faire. Peux-tu venir?

Quelques jours plus tard, nous sommes arrivés chez lui, Antoine et moi. Je me disais que j'allais retrouver mon vrai père, ce vieux grincheux qu'il m'était arrivé d'aimer quelques fois dans ma vie. Il était content de nous voir, je pense, mais triste d'avoir perdu son amour. Les yeux dans l'eau, il jetait constamment un coup d'œil à la fenêtre, sans doute pour vérifier si Juliette ne reviendrait pas. Il y avait de longs silences.

Son cerveau se mettait parfois à off et il s'est laissé mourir quelques mois plus tard, en proie à son chagrin d'amour. Il se plaignait d'avoir mal ici et là, comme le font tous les vieux. Juliette l'avait drôlement ragaillardi pendant ces deux années où elle l'avait fréquenté. Peut-être s'était-il rendu compte, tout comme moi, tout comme Larry, qu'il y avait quelque chose de faux dans cette aventure. Va savoir. Plus tard, par Loulou, qui nous a aidés à vider la maison de mon père, j'ai appris que Juliette était morte quelques semaines après la mort de mon père. De quoi est-elle morte ? a demandé Mafalda. Cancer de l'utérus, même cancer que celui d'Eva Perón. Un cancer de femme. On a trouvé une lettre que Juliette elle-même avait écrite à mon père juste avant de mourir. Elle y avait inséré une photo d'elle, majestueuse, enrubannée comme une momie, gantée comme une diva. Presque embaumée comme Evita dans son cercueil de verre. Au verso de cette photo, elle avait griffonné : Pour Larry Perron que j'aimerai éternellement.

Increíble, a dit Mafalda. Quelle histoire incroyable. C'est la première fois que je vais au bout, ai-je dit à Mafalda avant de la quitter, l'opération semble avoir réussi, cette fois, je me sens soulagée. Vous voyez, a dit Mafalda, je suis une bonne psy-chirurgienne. Et on s'est mises à bien rigoler toutes les deux.

Je suis sortie du salon en vitesse. En rentrant dans mon studio, je me sentais légère, certaine d'avoir extirpé mon écharde. Le téléphone a sonné, c'était Alejandro qui me rappelait notre rendez-vous du lendemain. Ça tombait bien, j'étais fraîchement coiffée.

29

Je me suis réveillée avec la gorge en feu, mais j'ai pensé que l'air me ferait du bien. Comme il faisait très beau, j'ai décidé de marcher pour me rendre au Malvón. J'aime me promener, voir les gens s'attabler au café du coin pour lire leurs journaux, les vieilles courbaturées traverser l'Avenida Coronel Díaz à pas de tortue, les livreurs courir d'un édifice à l'autre, les promeneurs de chiens prendre tant de place sur le trottoir qu'il faille les contourner, les gardiens de sécurité se tenir au garde-à-vous devant les édifices à la devanture nickelée, tout cela dans un tintamarre de klaxons, de sirènes de pompiers, d'ambulances et de police. J'étais loin du silence des cèdres devant le chalet de mon père. J'irai un jour en Patagonie, ai-je songé en attendant le feu vert pour traverser la rue Paraguay. Le grand Sud doit être aussi silencieux que le grand Nord.

En descendant la rue Borges, je suis passée devant la maison où a habité bien peu de temps cet écrivain célèbre, une petite maison toute simple qu'on ne peut pas visiter. Une phrase de son poème *Remords* m'est revenue. « J'ai commis le pire péché qu'un homme peut commettre. Je n'ai pas été heureux. » Comment ce grand écrivain, si célèbre et choyé par sa jeune femme María, a-t-il pu écrire une chose pareille ? Peut-être ne l'a-t-elle pas rendu si heureux que ça ?

Ces édifices aux vitrines étincelantes m'ont fait penser à Clara, une amie argentine que j'avais connue en Provence. Violaine, la Provençale, ne la connaît sûrement pas, parce que Clara n'habitait pas à Aix même. C'était en 1968, j'étais allée faire des études de littérature et je m'étais inscrite au cours d'espagnol de la belle Clara à la chevelure de jais. Elle se plaignait constamment du manque de propreté des Français, surtout dans les installations sanitaires. Elles sont tellement cracra, disait-elle, comparativement à nos *inodoros* de Buenos Aires, si propres, et qui, comme le mot le dit, n'ont pas d'odeur. Chez nous, ma mère les lavait deux fois par jour, ça ne puait pas comme ici. Clara s'emportait pour tout et pour rien, toujours en feu.

Le Malvón, où on s'était donné rendez-vous, Alejandro et moi, était situé rue Serrano, une extension de la rue Borges que sépare la Plaza Julio Cortázar. J'avais tout mon temps, je me suis arrêtée dans un café pour me reposer un peu. Je venais de lire *Gîtes*, la version française de *Bestiario*, de Cortázar, dans l'espoir qu'Alejandro me proposerait à nouveau d'aller à Montevideo voir la célèbre chambre d'hôtel où avait été écrit l'un des contes de ce livre, *La Porte condamnée*. Dans cet étrange récit, un voyageur entend une voix d'enfant venant de l'armoire de la chambre. En le lisant, je pensais à Federico et à tous ces enfants qui ne peuvent dire leur souffrance. Federico n'a pas l'air heureux, c'est un bambin grincheux. Il lui faudrait une maison plus stable. De quoi je me mêle ? Et puis, aller à Montevideo avec Alejandro, c'est pas demain la veille, me suis-je dit. Je peux y aller seule, aussi, faire mon pèlerinage pour Cortázar.

C'est chez Clara, en Provence, que j'avais entendu parler de Julio Cortázar pour la première fois. Elle était très étonnée que je ne le connaisse pas. Toi qui étudies la littérature, m'avait-elle reproché, c'est impardonnable que tu n'aies pas lu ce grand écrivain. On ne m'a enseigné que la littérature française, avais-je répondu à Clara, comme si nous avions été de vrais petits Français de France.

Clara habitait un bastidon à Apt, dans le Vaucluse. Par l'entremise d'amis communs, nous étions devenues amies, et elle m'invitait souvent chez elle. C'était à environ une heure de route d'Aix-en-Provence et j'adorais faire cette randonnée dans la Citroën 2 CV gris et bleu qui hoquetait dans les montagnes du Lubéron. D'anciens châteaux des Templiers surgissaient, dominant des champs de tournesols à la Van Gogh. Cortázar, m'avait dit Clara, vient de s'acheter une maison à Saignon, à quelques kilomètres de chez moi. Il fallait que je vienne en France pour le rencontrer.

Elle lui avait rendu une visite de courtoisie au moment où il venait tout juste d'emménager avec sa femme. Clara parlait de Cortázar comme d'un dieu. C'était son idole. Tu dis qu'il est argentin, lui avais-je fait remarquer, mais il est né en Belgique, et il vit en France. Ça fait un drôle d'Argentin, non ? Que tu es mesquine, m'avait-elle répondu, insultée, envoyant par-derrière ses longs cheveux aussi noirs et flamboyants que ses yeux. Ses parents étaient argentins, il a fait ses études à Buenos Aires, il a enseigné en Argentine. Il serait sans doute resté dans son pays, n'eût été la politique de merde de Perón et de sa femme, Eva Perón.

Juan et Eva Perón, je ne savais pas à ce moment-là qu'ils seraient toujours présents, comme des lentigos solaires, cet euphémisme qui désigne les taches indélébiles qui se multiplient sur notre peau flétrie.

Rien ne pressait, j'étais partie de mon studio de la rue French longtemps d'avance parce que je savais qu'il me faudrait au moins une heure sinon plus pour me rendre au Malvón. Je me demandais, un peu inquiète, ce qu'Alejandro aurait à me raconter. J'essayais de ne pas trop m'en faire en me disant qu'il voulait peut-être simplement parler avec moi. Du calme.

En sirotant mon cappuccino dans ce café de la Plaza Cortázar, je repensais à mon année en Provence. Grâce à Clara, j'avais commencé à m'intéresser à la littérature hispano-américaine. Après sa remontrance, j'avais couru à la librairie acheter *Marelle*. Je me rappelle avoir plongé dans ce roman sans balises, m'être laissé bercer par ces personnages presque irréels, caressée par cette poésie à fleur de peau. J'étais tombée sous le charme. En en relisant des passages, je me promenais dans Paris et dans Buenos Aires et je me promettais qu'un jour je maîtriserais suffisamment l'espagnol pour lire ce roman dans sa langue d'origine. Et il est vrai que *Rayuela*, en espagnol, c'est le plaisir décuplé, je peux en témoigner à présent.

Par un après-midi plein de soleil et de ciel d'outremer, j'étais allée rendre visite à Clara, tout excitée en pensant que je pourrais peut-être rencontrer en personne son voisin Cortázar. Devine qui vient de partir, m'avait-elle demandé les yeux brillants quand je suis arrivée. Facile, avais-je répondu, Cortázar. Bien oui, Éveline, il est venu chez moi avec sa femme, Aurora.

Elle ne tarissait pas d'éloges pour ce couple parfait, uni dans l'écriture et la création. Puis, quelque temps plus tard, elle m'a annoncé qu'Aurora et Julio se sépareraient. Dans l'amitié, a-t-elle ajouté. Il est tombé amoureux de son agente chez Gallimard, une Lituanienne plus jeune qu'Aurora, et plus politisée, de gauche. Puis, plusieurs années plus tard, quand j'étais allée à Apt passer quelques jours avec Clara dans ce même bastidon qu'elle avait fini par acheter, elle m'avait annoncé triomphalement que Cortázar avait rencontré à Montréal l'amour de sa vie, une Américaine opposée à la guerre du Vietnam. Carol Dunlop. Tu la connais? Non, avais-je répondu. Pourtant, elle est connue à Montréal, Éveline, c'est incroyable, ton ignorance de la littérature! Ils écrivent un livre ensemble, ils ont passé un mois sur l'autoroute sans jamais en sortir pour voir quel effet ça faisait. Tout ce temps, je pensais à *Marelle*, à son écriture envoûtante. Surtout à cause du bébé Rocamadour, si vulnérable, si abandonné. Sans aucune grand-mère près de lui pour le protéger.

30

J'ai repris le chemin du Malvón sur Serrano, pas fâchée d'arriver enfin devant le café au décor un peu hippie. Des plantes et des fleurs de toutes les couleurs autour des tables un peu bancales ajoutaient à l'aspect champêtre des lieux. La carte offrait des plats bons pour la santé, un peu granolas. Alejandro s'est levé dès qu'il m'a aperçue, m'a entourée de ses bras pour me faire la bise. Ça m'a un peu décontenancée, je me suis sentie rougir jusqu'aux oreilles. Attention, ai-je dit, j'ai un petit mal de gorge, j'ai peut-être attrapé le rhume de Federico. Oui, a dit Alejandro, il a une otite, c'est pour ça qu'il pleurnichait quand vous l'avez gardé. Mais il va déjà mieux.

    Vous êtes venue en taxi ? m'a-t-il demandé d'emblée, sans doute pour dissiper le malaise. Non, je suis à pied. C'est une longue marche, mais j'aime la rue Borges. Je me suis arrêtée à un petit café de la Plaza Cortázar, ça m'a fait penser à Clara, une amie argentine qui connaissait Cortázar. Moi qui suis un fan de cet écrivain, comme je vous l'ai déjà dit, a repris Alejandro, je ne me fatigue pas de le lire. Avec mon groupe de tango, on joue même une pièce qui a pour titre *Rayuela*, justement. Saviez-vous, Éveline, que sa femme, Carol Dunlop, est morte très jeune, à trente-six ans, du cancer. Oui, je sais, elle est morte du même mal qu'Eva Perón, et à peu près au même âge. Comme si le cancer était contagieux.

Nous avons commandé des paninis, j'avais une faim de loup. C'est moi qui vous invite, a dit Alejandro. Oh! non, c'est moi. Pas question, je sais que les femmes paient parfois au Canada, mais pas ici. Bon, si tu insistes. Et tu peux me tutoyer, si tu veux. Pas tout de suite, a dit Alejandro, je ne suis pas prêt. Notre *vos*, c'est trop familier, plus familier encore que votre *tu*. Oui, mais, tu pourrais employer le *tú*, comme le font les Espagnols et les Mexicains et presque tous les autres. *En absoluto, de ningún modo*, a dit Alejandro, je parle mon espagnol à moi, à nous, les Argentins. Oh! quelle fin de non-recevoir, ai-je dit. Parlons français alors. Ses joues sont devenues rouges comme les hibiscus du muret et il a continué d'utiliser ses déférents *usted* qui me rappelaient mon âge.

Et alors, Alejandro, as-tu trouvé quelqu'un pour garder Federico? Non, pas encore, m'a-t-il répondu, mais j'y travaille et ne vous inquiétez pas, je me débrouillerai. J'étais très mal pris l'autre jour, et je ne veux vraiment pas que vous pensiez que je vous exploite. C'est ce que vous pensez, non? Pas vraiment, ai-je répondu. Il y a longtemps que j'ai déposé les armes, que je n'ai plus à m'occuper de mes petits-enfants, à répondre aux urgences, à rassembler tout le monde, à attendre des nouvelles qui ne viennent pas. Un vide s'est creusé, et quand mon mari est mort, ce vide est devenu néant ou presque. J'ai alors décidé de m'exiler pour me faire une vie à moi, toute seule et complètement libre.

 Mais, vos proches ne vous manquent pas ? J'ai hésité un peu pour finalement lui avouer qu'il était encore trop tôt pour le savoir, que mon installation à Buenos Aires prenait tout mon temps, toute mon énergie, qu'il me restait plusieurs étapes à franchir avant de me retrouver. Ou de devenir quelqu'un d'autre. Vous resterez toujours la même, personne ne change. Encore une fois mes joues ont dû tourner au cramoisi. Il a aussitôt changé de sujet. Parlez-moi davantage de votre séjour en Provence, de votre amie argentine.

 Clara est la première Argentine que j'aie connue, après Eva Perón, bien sûr, que ma mère adorait quand j'étais enfant. Clara, par contre, la détestait de tout son cœur. Elle avait quitté son pays en catastrophe à l'époque où Perón était en exil, démis par les militaires. Comme prof, elle était pourrie. Ses cours de littérature espagnole consistaient essentiellement à nous faire lire à tour de rôle un roman de Ramón del Valle-Inclán, *La Guerra Carlista : Los Cruzados de la Causa*. Guerra, c'est à peu près le seul mot d'espagnol que je comprenais à part *Hola* et *¿Qué tal?*. Une fois rentrée chez moi, dans mon petit appartement d'Aix, je cherchais tous les mots du chapitre qu'on avait ânonné en classe. Ça prenait des heures, j'avais l'illusion d'apprendre l'espagnol, et pour tout l'or du monde je n'aurais pas manqué un seul cours de la fougueuse Clara. Fougueuse, je t'assure, parce qu'entre la lecture des chapitres, elle racontait en français toutes les misères que lui avaient fait endurer les militaires. Elle expliquait aussi qu'on doit dire *jo* et non *yo*, que c'était la bonne façon de le prononcer, très différente de celle du *castellano*, si snob, disait-elle en imitant leur *th* sur le bout de la langue pour se moquer. *Vos sos*, c'est la vraie manière de dire votre « tu es » français. Ça t'aurait plu, Alejandro, cette façon que Clara avait de faire un pied de nez à la Real Academia, maîtresse absolue de la langue. Mais c'était loin de plaire aux étudiants français, qui ne voulaient apprendre que le « vrai » castillan d'Espagne.

Les paninis, joliment présentés, sont arrivés dans une assiette de céramique. Nous leur avons fait honneur tout en placotant de choses et d'autres, naviguant de la situation politique en Argentine à celle du Canada entre les mains de Harper. Les deux nous décourageaient, la première par son laxisme, la seconde par ses coupes budgétaires. Le monde est de plus en plus divisé, a dit Alejandro. Gauche, droite, gauche, droite. Le centre est interdit, il faudra un jour que tout cela éclate. Tout nous échappe, l'environnement, la justice sociale, on en aurait pour la journée. Passons à autre chose alors, Alejandro, on ne réglera pas le sort de la démocratie aujourd'hui!

Vous étiez en Provence avec votre mari? Non, j'y

étais allée seule, juste avant mon mariage, et c'est là que j'ai connu les parents d'Antoine, qui habitaient la Provence. Ils s'y étaient installés pour toujours dans les années cinquante. Comme plusieurs artistes, ils avaient quitté le Québec non pas pour fuir une junte militaire, mais pour fuir ce qu'on a appelé la grande noirceur. Leurs enfants n'ont pas été volés par les militaires, mais ils ont été abandonnés, un peu comme la Maga a abandonné bébé Rocamadour.

Mais ça, c'est une autre histoire, ai-je poursuivi. Le temps passe, Alejandro, c'est fort agréable d'être avec toi, mais il faut que je parte. J'en ai pour une bonne heure avant d'arriver chez moi et je me sens fatiguée.

Pas déjà, a dit Alejandro, j'aurais aimé qu'on passe plus de temps ensemble. *¿Vos tenés miedo?* Non, ai-je répondu, je n'ai pas peur de toi, c'est de moi que j'ai peur. Il m'a prise dans ses bras. Il y avait si longtemps qu'un homme m'avait enlacée d'une façon aussi tendre.

Vos tenés miedo. Tu viens de me tutoyer, Alejandro, lui ai-je chuchoté avant de le quitter.

31

Au retour du Malvón, la lumière du soleil irisait doucement les fleurs des jacarandas. Je sentais encore les bras d'Alejandro autour de mes épaules et je n'avais pas le goût de me presser. J'aurais peut-être dû lui demander carrément pourquoi il s'intéressait à moi, je me disais cela en contemplant tous ces arbres qui coloraient le ciel de novembre. Serais-je en train de tomber dans un piège, le même que celui dans lequel mon père était tombé avec sa Juliette ? La compagnie d'un homme comme Alejandro est agréable, peut-être que je devrais tout simplement me calmer et en profiter.

Avec mes cheveux courts, je me reconnaissais à peine dans le reflet que me renvoyaient les vitrines des magasins. Vous devez prendre soin de vous, avait dit Mafalda, sinon vous allez vieillir trop vite. C'est difficile de faire autrement, lui avais-je rétorqué, surtout quand on a des rides et qu'on est objectivement plus près de la date de sa mort. De loin, vos rides ne se voient pas, avait répondu Mafalda pour m'encourager.

Ce qui est très réel, cependant, c'est que mes jours sont désormais comptés. On est tous des condamnés à mort sans recours et sans possibilité de libération. Il faut s'y faire, vaut mieux bien vivre le peu de temps qui nous reste.

Cette longue marche au soleil m'avait exténuée, j'avais les pieds en bouillie et en rentrant dans mon appartement, je me suis effondrée dans un fauteuil. Plus tard, très tard, j'ai regardé à TN le reportage que j'avais déjà vu sur Marta Minujín la veille de ma première rencontre avec Alejandro et son petit Federico. Quand est apparu à l'écran le gigantesque Parthénon aux colonnes métalliques remplies de brochures, je me suis revue à côté d'Alejandro et de son fils. J'écoutais distraitement la Minujín, j'étais obnubilée par ses cheveux platine et son énergie d'enfer. Dans ces 25 000 brochures fluo, disait-elle, il y a des citations sur la paix pour rappeler que la démocratie a disparu, que seule la paix est une démocratie véritable, que pendant qu'on se *tweete* et qu'on se *like*, on oublie la misère des peuples en guerre. Elle n'est pas en train de mourir, celle-là, me suis-je dit. C'est comme si elle me criait d'arrêter de niaiser. Fais quelque chose, Éveline, ne te laisse pas aller, va, continue de respirer, d'aimer.

Respirer devenait justement de plus en plus difficile, j'avais la gorge en feu. Au Malvón, j'avais eu une trêve, mon mal de gorge s'était calmé tout à coup, mais une fois revenue dans mon studio, assise sur le fauteuil à regarder les supposées folies de Marta Minujín, mon nez s'est bouché, mon oreille gauche aussi et ma tête s'est mise à peser trois tonnes. Une attaque soudaine de grande solitude. Une fois au lit, ça s'est envenimé. Impossible de m'endormir. Je me suis relevée et, pour oublier mon mal, j'ai ressorti des cahiers dans lesquels j'avais écrit des poèmes peu après la mort d'Antoine. Des poèmes d'abandon. Tout le monde m'avait désertée. Antoine, mon amour. Mon fils et mes deux petits-enfants, pris chacun dans leur vie propre. Mon frère, en tournage aux quatre coins du monde, réclamé par tous les réalisateurs. Mes amies, quelques-unes aux prises avec la maladie, d'autres mortes. Rien pour débloquer les narines et les oreilles.

Je m'étais procuré ces cahiers Clairefontaine aux feuilles quadrillées pour griffonner quelques réflexions sur le sens de la vie, sur la mort à mes trousses. Au fil de l'écriture, l'idée de partir au loin avait surgi comme une panacée. Je n'allais déranger personne de mon entourage. Quand je mourrais, il y aurait longtemps que je ne serais plus là. Un peu comme ma mère qui avait navigué dans le monde de l'alzheimer avant de partir pour de bon.

Alors que je me relisais, je me voyais déjà morte. Ces mots m'aideront à partir, un jour, me suis-je dit, mais pour l'instant, je dois me ressaisir. En ce soir de retour du Malvón, devant ma télé éteinte, le nez et les oreilles bouchés, j'ai écrit cette seule phrase : « Il me faut le courage de vivre ce que j'ai à vivre d'ici là. »

Puis, je me suis installée en ronchonnant un peu

devant mon ordi, bien décidée cette fois à écrire à mes petits-enfants, malgré leur silence. Surprise ! J'avais un courriel de Margot. Ça commençait comme suit : Chère grand-maman Éveline, Diego et moi, nous t'annonçons que tu vas bientôt être arrière-grand-mère. J'attends une petite fille, c'est pour le mois de mai.

32

Je me suis levée tôt avec mon mal de tête et d'oreille. Je n'avais presque pas dormi, n'arrivant toujours pas à respirer. Et je pensais à ma Margot enceinte, ma belle comédienne qui a fait des études au Conservatoire. Il aura fallu deux générations de filles pour que se réalise le rêve de ma mère. Comment va-t-elle se débrouiller pour continuer de jouer dans ses téléséries, ses films ? Si elle a un enfant, pourra-t-elle devenir aussi célèbre que son oncle Larry, homme sans enfant ? Déjà je m'inquiète, je ne devrais pas.

Ce matin-là, pour la première fois depuis mon arrivée en Argentine, je me suis demandé si j'avais bien fait de partir en douce. Je croyais alors que ma mort arriverait bien avant que j'aie des arrière-petits-enfants. Tout ça me chamboulait l'exil. Pourrai-je me contenter de voir cette enfant sur des photos numériques ou sur Skype ? Et Alejandro, devrais-je continuer de le voir ?

Pendant que bourdonnaient ces pensées dans mon cerveau congestionné, Violaine a téléphoné pour me proposer d'aller au MALBA, ce musée d'art latino-américain devant lequel j'étais souvent passée en me promenant dans le beau quartier plein d'ambassades. Tu adoreras, m'a-t-elle dit, ce sont des artistes hispano-américaines qu'on y expose, des artistes très intéressantes que tu ne connais pas. Sauf Frida Kahlo, évidemment. Elle, tout le monde la connaît, c'est une Mexicaine. Les Mexicains, on le sait, sont bien plus connus que les Argentins, a-t-elle ajouté avec un soupçon d'amertume que je n'ai pas jugé bon de relever.

J'hésite, Violaine, j'ai peur de te contaminer, j'ai un mal de gorge carabiné et je suis enrhumée. Ce n'est pas grave, a-t-elle dit, j'ai un bon système immunitaire. Bon, ça va, ai-je concédé, ça me fera oublier mon mal de tête. J'arrive, a dit Violaine, je suis en route !

En raccrochant, mon cœur s'est tellement emballé que j'ai cru que je faisais une crise cardiaque, mais ça s'est calmé et je suis retournée au lit me reposer. Violaine a sonné à la porte quelques minutes plus tard, elle était vraiment tout près. J'ai enfilé un pantalon en vitesse le temps qu'elle monte au huitième étage.

Qu'est-ce qui t'arrive, tu n'as pas l'air très en forme, tu as reçu une mauvaise nouvelle ? Non, Violaine, je te l'ai déjà dit, je suis malade, je me suis endormie très tard, et je me demande encore si je pourrai t'accompagner au musée. Dis donc, tu ne vas pas t'enfermer pour un rhume, tout de même. Magne-toi, je m'occupe de faire du café, ça va te requinquer. Ou bien j'appelle l'ambulance. Oh ! c'est toujours comme ça quand je fais de l'insomnie, ai-je répondu, et j'ai appris hier soir que j'allais être arrière-grand-mère. Ça m'a donné un coup, tu ne peux pas savoir. Eh ben ! tu devrais être contente. Oui et non, être arrière-grand-mère, c'est comme être dans la cour arrière de la vie. Mettons que je n'aime pas le mot *arrière*. Je suis déchirée, je sais que j'aurai le goût de prendre ce bébé dans mes bras, de tâter ses orteils miniatures, de sentir sa peau de fleur d'oranger, de voir ses yeux qui ne voient pas encore, de palper ce grand espoir en trois dimensions. Eh ben ! Éveline, tu charries pas dans les bégonias, toi ? C'est la fièvre, peut-être. Mais qu'est-ce qui t'empêche, quand il va naître, ce bébé, d'aller le prendre dans tes bras, hein ? Je ne sais pas, je ne pensais pas retourner à Montréal. Je veux m'installer ici. L'un n'empêche pas l'autre, a tranché Violaine, un peu excédée. Non, je ne veux plus retourner au Québec, je veux finir mes jours ici, en Argentine. Tu veux dire que tu veux immigrer, comme moi je l'ai fait il y a plus de vingt ans ? À ton âge ? Oui, c'est ça, ai-je répondu. Mais là, tu me scies. Je ne sais plus. Oh là, là, Éveline, tu n'y vas pas de main morte. Prenons un café et on reparlera de tout ça calmement.

J'avais la tête lourde, je manquais d'air. Prends ton temps, m'a répété Violaine, il n'y a pas le feu, j'ai pris congé aujourd'hui. On ira au MALBA si c'est possible, sinon je t'emmènerai chez moi. J'aimerais te présenter ma fille et ma copine. Ta copine, tu veux dire ta *novia*, ta fiancée ? Oui, je te fais mon *coming out*. Après mes deux maris, j'ai maintenant une amoureuse et ça va sur des roulettes, pour une fois. Si tu es heureuse, Violaine, c'est tout ce qui compte.

Elle continuait de me parler pendant que je prenais ma douche. Je ne l'entendais presque pas à cause de mon oreille bouchée, mais je n'osais pas le lui dire. Je ne pensais qu'à ce bébé que je ne verrais pas. Il faut que ça arrête, me disais-je, il y aura plein d'autres enfants qui naîtront plus tard, ça ne fait que commencer. C'est exponentiel, une famille. Si j'étais morte, je ne serais même pas au courant, tout comme ma mère n'a pas su grand-chose de la naissance de Margot et de Jonathan. Elle n'a pas connu non plus la nouvelle femme de Léonard, qui pourrait avoir des enfants un jour. Elle est si jeune. *So what!* Un peu d'eau est entrée dans mon oreille et, soudain, je n'ai même plus entendu le jet de la douche, puis tout s'est brouillé. J'ai eu peur de tomber dans la baignoire, mais je me suis ressaisie pour sortir de la salle de bains. Tu es blanche comme un drap, a dit Violaine, tu vas tomber dans les pommes, viens que je t'emmène te faire soigner. Mais, Violaine, je ne connais pas de médecin, ici, je ne sais pas où aller. T'inquiète, il y a un hôpital pas très loin d'ici, angle Pueyrredón et Juncal, l'Hospital Alemán. Ils sont très bien, c'est toujours là que je vais.

Violaine m'a aidée à m'habiller et à m'installer dans sa voiture et, en moins de deux, j'étais étendue sur une civière dans un box aux urgences. J'ai peur de mourir, ai-je dit. Mais non, y a pas de souci, le médecin va t'examiner, je pense que tu fais une labyrinthite, on s'est peut-être énervées pour rien. Sois tranquille, je te ramènerai chez moi plus tard. Je ne veux pas que tu restes seule. Ah! non, Violaine, je me sens déjà mieux, on n'aurait même pas dû venir ici.

Le médecin, un grand gaillard qui parlait français avec un fort accent latino, s'est amené quelques minutes plus tard et m'a enfoncé sa lampe dans tous les trous de la tête. C'est une sinusite que vous avez, et un début d'otite aussi, ce qui cause votre surdité et votre vertige. On va vous donner des antibiotiques et vous pourrez retourner sans crainte à la maison. Essayez de vous reposer, de vous détendre.

Violaine a ramassé mes affaires, m'a accompagnée à la caisse payer la facture. Je t'emmène chez moi, Évelinette, et je ne veux pas ton avis. Quelques minutes plus tard, Violaine, maîtresse de son volant, se frayait un chemin parmi les taxis et les *colectivos* qui descendaient l'avenue Juan B. Justo comme des bateaux sur un fleuve. Elle s'est mise à me raconter à quel point sa fille Adriana la préoccupait. Je lui ai parlé hier au téléphone, a-t-elle précisé, elle est plus que jamais décidée à changer de sexe. Dire qu'elle est partie vivre chez sa grand-mère, cette femme qui m'a chassée de chez elle quand j'étais enceinte. Un drôle de retour du balancier. Mon ex-belle-mère ne m'a jamais beaucoup aidée. Et maintenant, tu vois, Éveline, c'est elle qui aide ma fille. Mais qu'est-ce que tu n'acceptes pas au juste, Violaine? Que ta belle-mère s'occupe de ta fille maintenant ou que ta fille change de sexe? Je ne sais plus, a répondu Violaine, j'analyse tout ça depuis plusieurs jours et je comprends le désir d'Adriana d'être bien dans sa peau, de profiter du soutien de sa grand-mère, mais mon cœur ne suit pas ma tête. C'est peut-être de la culpabilité, je le sais, je devrais emprunter et payer moi-même ses chirurgies coûteuses.

Je n'étais pas assez en forme pour discuter. Et puis, me suis-je dit, je n'ai pas à donner de conseils aux mères, moi qui ai fui ma famille. Je vais être arrière-grand-mère, ai-je répété à Violaine. Une naissance, c'est toujours une bonne nouvelle, c'est ce qu'elle a dit une fois rendue chez elle, en introduisant sa clé dans la magnifique porte de bois sculpté.

33

Cette maison aux grandes fenêtres parées de grilles en fer forgé m'a hypnotisée dès que je l'ai aperçue. Un tantinet déglinguée, mais pleine de couleurs et de chaleur, elle m'a rappelé le café Malvón. Un immense tipa aux fleurs orangées étendait ses branches jusqu'à la fenêtre du salon. On aurait dit que l'arbre poussait dans la pièce. Je n'étais pas encore entrée dans une vraie maison de Buenos Aires, sauf la fois où j'avais emprunté une tasse de farine à ma voisine Elsa. Son appartement était en tout point semblable au mien, jumeau de tous les nouveaux condos du monde. La maison de Violaine était différente, avec son balcon Roméo et Juliette identique à ceux du quartier San Telmo, près du bazar de la rue Defensa.

Violaine m'a sortie de ma rêverie. Viens t'asseoir, ne reste pas plantée là comme si tu visitais une église. Puis, en me regardant droit dans les yeux, elle m'a posé une question que je n'attendais pas. Dis-moi, Éveline, tu es certaine d'avoir pris la bonne décision en quittant ton fils et tes petits-enfants pour venir t'installer à Buenos Aires ? Oh ! je ne peux pas te répondre comme ça, ai-je bredouillé, un peu sous le choc, je ne le sais plus tout à fait. Il y a eu un silence, puis Violaine a dit ce que je ne voulais pas entendre : Je sens que tu hésites, que tu aimerais repartir voir ton arrière-petite-fille. Mais en revenant à Montréal, tu tomberais de ton piédestal. Pourquoi me dis-tu ça, Violaine ? Je ne sais pas, a-t-elle nuancé, je pense que tu es partie de chez toi pour qu'on te donne plus d'attention, exactement comme on célèbre tout à coup les artistes quand ils meurent. On les avait oubliés et puis, soudain, ils réapparaissent, glorieux dans leur cercueil d'idole. Oh ! Violaine, c'est vrai, je pense souvent aux idoles qui finissent en cendres, comme tous les humains. Sauf ceux qui se paient une cryoconservation ou qui sont, comme Eva Perón, amoureusement embaumés.

Tu es sinistre, dis donc. Bon, du coup, je vais chercher des choses à grignoter, a dit Violaine, qui est revenue aussitôt dans le salon avec des pistaches.

En apercevant le piano qui contrastait avec le vert pomme du mur, j'ai demandé à Violaine si elle en jouait. Non, c'était pour Adriana. Il ne sert plus depuis qu'elle est partie, ça n'intéresse pas Sabrina. Et toi, tu sais jouer ? Oui, mais il y a longtemps que je ne fais même plus de gammes. Je me suis installée pour trouver les premières portées de *Für Elise*, la seule partition que j'aie apprise par cœur.

Tout en cherchant mes notes, j'ai expliqué à Violaine que ma mère était pianiste en plus d'être comédienne. Elle avait fait du théâtre dans son petit village.

C'est mon frère Larry et ma petite-fille Margot qui ont pris sa revanche. Mais moi, je n'ai jamais été choisie pour jouer ne serait-ce que dans une saynète à l'école primaire. J'étais convaincue d'être incapable de jouer quelque rôle que ce soit. Mais j'aime la présence des pianos. Pour moi, ce sont des êtres vivants, comme les livres, comme les arbres.

Une belle femme dans la cinquantaine est alors sortie toute souriante de la cuisine. Violaine, vivement joyeuse, me l'a présentée. C'est Paola, mon amoureuse. Au même moment, une petite fille aux tresses noires a dévalé un magnifique escalier de bois sculpté comme ceux que l'on admire dans les vieux films italiens. Elle s'est assise près de moi, tout intriguée. Vous vous appelez comment ? m'a-t-elle demandé, les yeux plissés, rieurs. Elle a répété mon nom quelques fois avant d'arriver à bien le prononcer. Vous avez un gros rhume, a-t-elle ajouté, en imitant mes nasales accentuées. Oui, et toi, tu t'appelles Sabrina, j'imagine. Qui vous l'a dit, *señora ? Tu mamá.*

Reste avec ton amie, a dit Paola en s'adressant à Violaine, je vais chercher des bouchées. Vin blanc pour vous deux, Violaine et Éveline ? Pas pour moi, ai-je dit, à cause de ma sinusite. Oh ! c'est dommage, je vous apporte une limonade alors, comme pour Sabrina. Violaine s'est mise à parler de sa maison avec amour, me faisant remarquer le majestueux plafond de bois sombre haut d'environ quatre mètres.

L'émerveillement du début s'estompait à mesure que mon mal de tête revenait. La fièvre brouillait mon esprit, je me sentais dans un ailleurs, quelque part en Italie à cause du fer forgé aux fenêtres. Des plantes énormes, qui camouflaient les lézardes sur les murs, donnaient à la pièce des allures de décor de théâtre. Je joue un rôle, me disais-je, celui de l'étrangère qui s'étonne de tout. La bonne humeur de Violaine se voulait contagieuse, mais je n'arrivais pas à me relaxer complètement. Pourtant, j'étais en famille, un peu comme chez moi, quand Léonard et les petits-enfants venaient manger à la maison.

Viens, Éveline, je te fais faire le tour de la propriétaire. On appelle ça une maison *chorizo* parce que de nombreuses chambres s'enfilent le long du grand couloir, comme un saucisson. J'étais un peu étourdie en me relevant, mais la curiosité a pris le dessus. Ici, c'est la chambre d'Adriana. C'était une chambre d'adolescente, tout en rose et bien rangée. Sur le mur du fond, un grand poster de Madonna pour le film *Evita*. Je ne sais pas si elle reviendra dans cette chambre, mon Adriana. J'espère que oui et je me propose de la peindre d'une autre couleur, plus neutre. Le rose, c'est plus une couleur de fille, non ? Peut-être, ai-je dit, sans oser commenter davantage.

Une fois à l'étage, nous avons encore longé de toutes petites chambres qui communiquaient entre elles, puis nous avons monté un escalier en colimaçon pour aboutir sur l'immense toit de la maison qui s'ouvrait sur les lumières grouillantes de la ville. Il n'y avait qu'une table un peu bancale et quelques tabourets. J'en ferai un jardin et une vraie terrasse, a dit Violaine, mais seulement quand nos voisins squatteurs seront évincés, ce qu'on souhaite beaucoup. Leur musique jusque tard dans la nuit nous assomme et leurs *asados* nous enfument. C'est insupportable.

 Appuyées sur le parapet, on s'est mises à bavarder de la maison, de son emplacement et de la vue magnifique sur le ciel et les lumières de la ville. J'avais la gorge en feu, je ne pensais qu'à aller me coucher. Violaine m'a demandé si j'avais revu Alejandro. Je me suis sentie rougir, muette de surprise, mais j'ai fait un gros effort pour lui répondre. Oui, Violaine, hier justement il m'a invitée au Malvón, là où nous devions aller toi et moi l'autre jour. Et ça s'est bien passé ? a demandé Violaine, l'air un peu coquin. Oui, très bien, mais je ne sais toujours pas trop quoi penser d'Alejandro. S'il avait ton âge, Éveline, t'en méfierais-tu autant ? Ah ! tu as le don de poser les questions qui tuent, toi ! J'ai le cerveau un peu trop embrouillé pour parler de ça ce soir. En plus j'ai mal à la gorge, la totale, quoi !

 Paola est venue me sauver de l'interrogatoire avec des amuse-gueules et de quoi boire. Nous nous sommes attablées toutes les trois et j'ai enfilé deux verres de limonade coup sur coup, qui ont agi comme un baume sur ma gorge en feu. Vous êtes née ici, à Buenos Aires ? ai-je demandé à Paola. C'est évident, a-t-elle répondu, mes parents sont d'origine italienne, cependant. J'allais m'excuser quand elle a ajouté qu'elle n'en tirait pas tellement de fierté. Borges disait que presque tout le monde à Buenos Aires était plus ou moins italien. Comme il n'avait pas de sang italien, il pensait qu'il n'était pas vraiment un Argentin. Oui, ai-je ajouté, définir la nationalité devient une chose de plus en plus complexe. C'est peut-être un concept en voie d'extinction. C'est un concept futile, a tranché Paola. Elle a ensuite raconté qu'elle avait dû s'expatrier en France quelques années pendant la dictature qui avait suivi la déroute d'Isabel Perón. Encore Perón, ai-je pensé. J'avais vingt ans en 1976, a continué Paola, je fréquentais l'université et je distribuais des tracts contre la dictature, contre l'emprise des religieux catholiques de droite. J'étais recherchée par les militaires, comme bien d'autres, mais j'ai eu la chance d'avoir des parents qui m'ont fait sortir du pays avant que je sois arrêtée. C'est grâce à eux si j'ai eu la vie sauve, d'autres de mes amis ont tout simplement disparu, probablement largués d'un avion au-dessus de l'océan. Je suis une fausse disparue. J'ai passé dix ans dans le sud de la France, à Aix-en-Provence. J'ai sursauté. Et c'est là que vous avez connu Violaine ? Non, Éveline, pas du tout, nous venons de nous rencontrer, il y a quelques mois, ici, à Buenos Aires. Elle m'avait engagée dans son école de langue pour donner des cours de français. C'est simple. Par hasard, ai-je poursuivi, vous n'auriez pas connu une certaine Clara Díaz, une amie que j'ai rencontrée en Provence et que je n'ai jamais revue ? Vous savez, a dit Paola, il y a des tonnes de Clara Díaz en Argentine. Je lui ai alors raconté à quel point Clara, dans son bastidon de Saignon, rageait contre les militaires qu'elle avait fuis. Elle déblatérait allègrement contre la France, ai-je ajouté, contre l'université, contre les toilettes turques, contre tout. Oui, je sais, a dit Paola, nous avons développé notre esprit critique sous ces dictatures, c'est ce qui explique notre survie. Mais comme la France nous a bien accueillis, je n'aurais pas osé blâmer les Français, j'aurais craint qu'ils me renvoient chez moi. Vous avez raison, Clara a subi les foudres d'un ami qui nous avait invitées chez lui. Excédé, il lui avait lancé que si la France ne lui convenait pas, eh bien! l'agence du cours Mirabeau serait ravie de lui vendre un billet de retour pour Buenos Aires.

Un silence de fer blanc avait clos cette remarque de notre ami provençal, ai-je poursuivi, puis Clara n'avait pu s'empêcher de continuer ses doléances, de façon plus neutre cette fois, contre le mois d'avril, si froid, si gris, si terrible. Mais pourquoi tu détestes tant le mois d'avril? avais-je demandé à Clara. Tu es là avec nous, à boire du *clarete* un beau soir de printemps, et le jardin est en fleurs. Que te faut-il de plus? Oui, c'est vrai, avait-elle admis, mais dans mon pays, en avril, c'est l'automne, il pleut tout le temps et il fait froid. Et ça me déprime jusqu'ici chaque année, même par temps doux.

Je pense souvent à Clara depuis que je suis à Buenos Aires, je comprends maintenant que son mois d'avril était mon mois de novembre avec son froid venteux. Et par ailleurs, son mois de novembre rempli de jacarandas en fleur ressemble à mon avril foisonnant de magnolias et de tulipes. Oui, a dit Paola, nous sommes sens dessus dessous les uns des autres. C'est vrai, Paola, ce que vous dites, on dirait qu'en novembre, peu importe la chaleur ou les arbres en fleurs, mon corps est programmé pour glisser doucement dans l'hiver, à hiberner comme une ourse. Pendant qu'au Québec on sortait les doudous et qu'on calfeutrait les fenêtres, on était là toutes les trois à se prélasser sur la terrasse de la maison chorizo de Violaine par un beau soir mauve dont je n'arrivais pas à profiter pleinement à cause de mes oreilles et de mon nez à moitié bouchés. Je suis en état de délit, me suis-je dit, je me passerais bien de Noël cette année, tiens !

C'est prêt, a dit Paola, descendons manger. Il était presque dix heures, je n'avais même plus faim. Tu resteras à coucher ici, a dit Violaine, j'irai te conduire chez toi demain. Tu peux te relaxer, on s'occupe de toi. Tout semblait délicieux sur la table de Paola, mais je recommençais à me sentir très mal et j'ai à peine grignoté mon filet de saumon. Tu es de plus en plus pâle, a dit Violaine, va te coucher dans la chambre d'Adriana.

Sous la protection de la grande affiche de Madonna qui annonçait le film *Evita,* je me suis jetée tout habillée dans le lit d'Adriana. Les autres murs étaient aussi tapissés de posters d'ados, comme ceux de Margot quand elle allait au cégep.

34

Pour bien faire, j'aurais dû commencer à prendre les antibiotiques prescrits, mais il y avait tant de circulation que Violaine, pressée de revenir chez elle, m'avait proposé de les acheter seulement le lendemain matin. Les deux cachets d'ibuprofène que j'avais avalés ne faisaient aucun effet.

Fixer le poster de Madonna dans *Evita* m'a servi de placebo. J'avais vu ce film avec Antoine au Paramount peu après les funérailles de ma mère. Il avait fait une exception, lui qui détestait s'enfermer dans une salle. Quand Madonna avait entonné son fameux *Don't Cry for Me Argentina*, je n'avais pas pu retenir mes larmes. Qu'est-ce qui te prend? avait chuchoté Antoine en mettant son bras sur mes épaules. Tu n'as pas l'habitude d'être émue par Madonna.

Après la séance, nous avions pris un verre à l'Abstracto. Si j'ai tant pleuré, avais-je dit à Antoine, c'est que la belle Evita-Madonna me rappelait ma mère. Ta mère? Oui, Antoine, Eva Perón, c'était son idole. Quand Eva est morte, c'était comme si elle avait perdu un membre de sa famille. Antoine avait froncé les sourcils. Je ne comprends pas, avait-il dit, qu'autant de gens adorent des célébrités. Moi non plus, mais il y a des personnes qui aiment par procuration. C'est virtuel, mais ça existe. Antoine m'avait avoué qu'il n'avait jamais entendu parler de la sainte Evita avant de voir ce film, qu'il avait ensuite qualifié de navet guimauve. Nous avions changé de sujet, puis il n'en avait plus été question.

Le bandonéon des squatteurs, voisins de Violaine, se plaignait fort dans la cour intérieure. J'avais les yeux grand ouverts et ma tête voulait éclater. J'ai extirpé mon iPad du fond de mon sac pour écouter *Don't Cry for Me Argentina* sur YouTube. Au bas de l'image fixe de Madonna, il y avait plus d'une centaine de commentaires de gens de tous les pays. Quelques-uns étaient en caractères romains, mais il y avait aussi des idéogrammes, des caractères cyrilliques, arabes, et même du farsi tout en dentelle. La plupart étaient dithyrambiques, mais d'autres parlaient d'Eva comme d'une méchante socialiste qui avait mis le pays en déroute, d'une femme qui voulait accéder au pouvoir coûte que coûte, qui ne faisait que sauver les apparences. Je suis tombée sur ce commentaire plus ambigu que les autres : « Quand j'étais petite, ma mère me disait qu'Eva Perón était une sainte. Mais moi je sais qu'elle a fait aussi beaucoup de tort et qu'elle n'était pas si sainte que ça. Et son mari, le général Perón, flirtait avec le nazisme, un admirateur de Mussolini. C'était une sainte qui aidait les pauvres en robe Christian Dior. »

Pourquoi Eva Perón n'avait-elle pas eu d'enfants? D'où venait tout cet argent? Ma mère n'avait pas de réponse. Ça n'est pas écrit dans les journaux, disait-elle. Ce que je sais, c'est qu'Evita, même très malade, s'est adressée à la foule en pleurant sur l'épaule de son mari parce qu'elle savait qu'elle allait mourir. J'ai vu cette photo mille fois sur une coupure de journal dans le *scrapbook* de ma mère. Elle adorait son mari, le président, disait ma mère en replaçant la photo dans son album de cartes postales. J'aimais quand elle disait « son mari, le président », parce ça marquait la fin du récit.

Une fois la planche à repasser rangée, je sortais de la maison le cœur gros de tant de malheurs pour la si belle et si bonne Evita. J'avais dessiné une marelle avec une grosse craie rose sur le trottoir de la 2e Avenue. Je me lançais dans une longue série de sauts vers le ciel pendant que le gaz de la mine me brûlait la gorge. Je devais souvent rentrer dans la maison pour calmer ma toux. Ce gaz-là va te massacrer les poumons, disait ma mère. Va te reposer dans ta chambre. J'avais onze ans, peut-être, et je lisais des livres de la bibliothèque de Suzette. Les mêmes, plusieurs fois. Ces histoires qui se passaient en France, très loin de Noranda, m'aidaient à m'endormir. Mais ce soir-là, dans le lit d'Adriana, *Don't Cry for Me Argentina* me revenait sans début ni fin, comme une musique de centre commercial.

J'ai repensé à Margot qui était enceinte. Mon arrière-petite-fille aurait un peu d'Argentine en elle vu que les parents de Diego venaient de Córdoba. Sur le poster, Madonna me parlait presque. Eva Perón n'avait pas eu d'enfant, elle avait avorté, très jeune, ça s'était mal passé. J'ai lu aussi qu'elle avait eu un amant suisse du nom de Kreuder. Après la mort d'Eva, il a écrit : « Elle aimait naturellement, comme elle respirait. Elle était à la fois putain et sainte. » Toutes les putains sont-elles des saintes et vice versa ?

35

Quand la petite Sabrina est venue me réveiller, il était dix heures. Levez-vous, *señora* Éveline, maman et Paola veulent vous emmener au musée. Oh! vous avez une belle tablette, vous me la prêtez? J'aime les jeux. Ah! oui, et à quoi joues-tu? À Candy Crush, c'est mon préféré, mais ici, on n'a pas de tablette. Alors comment as-tu appris à jouer? Chez mon amie, elle a eu un iPad à Noël l'année dernière. Et toi, Sabrina, tu ne l'as pas demandé au père Noël? Je ne crois plus au père Noël depuis longtemps, j'ai dix ans! Et ma mère ne veut pas que j'aie de tablette. Tu peux la prendre, ai-je dit, je ne m'en sers pas ce matin, je suis fatiguée. Sabrina l'a ramassée par terre, elle s'est assise au pied du lit. En vraie pro, elle a fait glisser ses doigts sur l'écran. Je suis très bonne à Candy Crush, je gagne tout le temps, a-t-elle dit en faisant éclabousser les bonbons. J'en ai profité pour somnoler un peu, la laissant dans son nirvana de sucre virtuel. Quand je me suis réveillée à nouveau, elle naviguait sur YouTube.

Aimes-tu les contes de Noël, les sapins pleins de

neige et tout ça, toi, Sabrina ? Bien sûr, mais ça me fait rire, le petit Jésus qui grelotte dans son étable. Ça te fait rire, vraiment ? Oui, a renchéri Sabrina, c'est en Argentine que le petit Jésus aurait dû naître, bien au chaud. Pas besoin de bœuf ni d'âne, pas de misère. Nous, maman et moi, on ira au bord de la mer pendant les vacances. Mon plus beau cadeau de Noël, ce sont mes grandes vacances d'été.

Je dois me préparer à partir chez moi, Sabrina, tu peux apporter la tablette dans le salon si tu veux, je te la prête. J'avais moins mal à l'oreille déjà, moins de vertige. Un gros petit déjeuner m'attendait, accompagné des sourires de Violaine et de Paola. Tu as meilleure mine, Éveline, m'ont-elles dit en chœur. Et on va te ramener chez toi après avoir visité l'exposition au MALBA. Sabrina est arrivée en catastrophe en criant qu'il n'y avait plus de wifi. Tu devrais le savoir, Sabrina, quand il fait très chaud, on nous coupe souvent l'électricité dans le quartier. Bois ton café, Éveline, il va refroidir et, nous, on va fondre sous la chaleur. On nous annonce 38 degrés aujourd'hui. Tu as la climatisation, chez toi ? Je crois que oui, ai-je dit, je n'ai pas encore vérifié. De toute manière, même si on a la clim, quand on nous coupe l'électricité, ça ne sert plus à rien. On se rabat sur les douches froides.

En route vers le MALBA, les étourdissements sont revenus. Il faisait déjà trop chaud, la circulation était pénible. Je ne me sentais vraiment pas d'attaque pour faire le tour du musée et, dès qu'on y est entrées, j'ai dit à Violaine que je rentrais. Ah ! je suis déçue, tu aurais aimé voir cette exposition. Et on n'a pas acheté tes médicaments. Oh! ne t'en fais pas, Violaine, il y a des pharmacies dans mon coin.

Je me suis engouffrée dans le premier taxi. Je n'avais plus le goût de parler, je voulais retrouver mon lit, mes livres. La solitude me manquait, ces liens rapidement tissés commençaient à me faire peur. Je me refais une famille, me suis-je dit, au moment où je viens de quitter la mienne. J'aimerais que Margot me parle de son bébé, comme si le cordon ombilical s'étendait soudain à travers tous les méridiens de la terre.

J'ai trouvé une pharmacie sur Coronel Díaz et je suis vite arrivée devant mon immeuble où j'ai croisé Elsa. Vous sortez tôt ce matin, a-t-elle dit en me faisant un clin d'œil. Vous faites bien, il fera très chaud aujourd'hui. Oh! je suis allée dormir chez une amie, je n'étais pas bien hier. Ça va maintenant? N'hésitez pas à sonner chez moi s'il y a quelque chose. Je reviens bientôt. Ah! j'oubliais, vous avez eu de la visite hier soir, un bel homme et son petit garçon voulaient vous voir. Ils sont entrés dans le vestibule en même temps que moi. Le monsieur a griffonné pour vous un mot que j'ai glissé sous votre porte.

36

Avec fébrilité, j'ai déplié la lettre. De son écriture droite et soignée, semblable à celle de mon père, Alejandro avait écrit : Salut Éveline, comme je passais devant chez vous, Federico a reconnu votre édifice. Il a crié *abuela, abuela* en tapant des mains. Vous n'y étiez pas, malheureusement. Je voulais vous parler. J'espère que vous allez bien, Alejandro.

J'ai trouvé bizarre qu'il ait laissé ce mot dans lequel il me vouvoyait à nouveau. Pas de *vos*, seulement des *usted* très polis. Que Federico ait reconnu, comme ça, la maison où j'habite, me semblait exagéré. Peut-être qu'il me relance pour Montevideo, ai-je pensé. Je n'arrivais pas à comprendre, la tête me tournait, j'ai pris un cachet et j'ai passé le reste de la journée à somnoler. Le soir, quand je me suis enfin extraite du lit, j'ai appelé Alejandro, qui n'a pas répondu. Je n'ai pas laissé de message.

J'ai repris la lecture de *Espejos*, ce livre fascinant d'Eduardo Galeano. *Une histoire presque universelle*, c'est le sous-titre. L'écrivain uruguayen, en faisant une incursion dans les coulisses de l'histoire, a déniché des détails croustillants qui écorchent tous ces mythes qui ont nourri ma jeunesse. En véritable iconoclaste, il n'épargne personne, ni Borges, ni Marguerite Yourcenar, ni mère Teresa, non plus que tous les héros qui ont donné leur nom aux rues, aux places et aux parcs de Buenos Aires. Sarmiento, par exemple, ce héros devenu traître au détour : « … il a prédit et pratiqué l'extermination des Argentins à la peau foncée, pour leur substituer des Européens blancs et aux yeux clairs. Il a été président de son pays et illustre personnage, gloire et louanges, héros immortel. » Et vlan ! Nous, à Montréal, nous avons notre rue Amherst, près du parc La Fontaine. Mes livres d'histoire passaient sous silence que Jeffery Amherst voulait fournir des couvertures contaminées par la vérole aux Amérindiens pour, écrivait-il dans une lettre à Henri Bouquet, « contribuer à éradiquer cette race répugnante ». Lire ce déboulonnage d'idoles dans *Espejos* me soulageait. Ça me réjouissait presque d'apprendre que suintaient d'épaisses couches de petitesse sous la carapace dorée de ces grands héros. J'ai décidé de garder ce livre vivifiant sur ma table de chevet.

Je suis allée voir dans Internet ce que Galeano pensait d'Eva Perón. J'étais sûre qu'il avait fait un pied de nez à l'idole de ma mère, mais je suis tombée de haut. Galeano adorait Eva, qu'il appelait « l'aimée des mal-aimés ». En 1986, dans le troisième tome de *Memoria del fuego,* il s'est montré sympathique envers celle qui s'occupait des pauvres. « Elle était la fée blonde qui embrassait le lépreux et le dégueunillé et donnait la paix au désespéré, la source continuelle qui accordait des emplois et des matelas, des souliers et des machines à coudre, des dentiers, des trousseaux de mariés. » Il l'aimait intégralement, sans aucune réserve. Autrement, il l'aurait haïe intégralement, comme tous ceux qui l'ont conspuée. Quand on y pense, c'est tout de même préférable d'aider les pauvres que d'aider les banquiers, avait dit Violaine quand nous avions abordé le sujet à table la veille. Eva détestait l'oligarchie, elle mordait dans ce mot étrange. Mais elle-même, vêtue de robes Dior, n'appartenait-elle pas à ce que les Anglais appellent la *high class* ? Elle vivait comme ces oligarques qu'elle abhorrait. Pourtant, le président actuel de l'Uruguay, ami de Galeano, mon cher Mujica, est tout le contraire d'Eva. Il s'habille mal et préfère sa maison de campagne au palais présidentiel. Il habite sa *finca* non loin de Montevideo et boit son maté en compagnie de sa femme, Lucía, pas mieux habillée que lui. Ils sont si sympathiques qu'on voudrait les avoir comme amis. Mujica ne perd pas une occasion de blâmer Cristina Kirchner, même s'ils se disent tous les deux du côté du peuple. Mujica a ses détracteurs, lui aussi, mais je trouve qu'il a un comportement plus en accord avec les idées qu'il prône. C'est en pensant à tout cela que j'ai abandonné ma lecture de Galeano pour ouvrir ma boîte de courriels. Je voulais féliciter Margot de son nouvel état de future mère, et j'en ai profité pour lui donner des nouvelles de moi, lui parler de mon studio, de mes amis, de mes promenades. De mes lectures aussi.

Au moment où j'allais éteindre mon ordinateur, un courriel de Larry a surgi. C'était si rare que j'ai tout de suite eu un mauvais pressentiment, comme ça m'arrive quand le téléphone sonne en plein milieu de la nuit. Les messages que je lui avais envoyés avant de partir en Argentine étaient restés sans réponse. Ça se comprend, m'étais-je dit, il doit être harcelé par ses admirateurs, il a autre chose à faire que d'écrire à sa sœur.

Allô Éveline, avait-il écrit. Un mot pour te dire que je suis revenu à Montréal. On m'a diagnostiqué un cancer du poumon. Il y a des métastases dans mes os, mais je combattrai jusqu'au bout. Je t'ai appelée, plus de service à ton numéro. J'ai téléphoné ensuite à Céline et j'ai attrapé mon air quand elle m'a appris qu'elle était séparée de Léonard qui s'était remarié avec une poulette. C'est elle qui m'a annoncé que tu étais partie en Argentine. J'aimerais bien te voir, te parler, mais je suis trop malade pour aller à Buenos Aires. Quand crois-tu être de retour? Bon séjour, Larry.

J'ai tourné en rond dans le studio pendant au moins une heure avant de me calmer. J'avais honte, je n'aurais pas dû couper les ponts, j'aurais dû tenter davantage de le rejoindre lors du décès d'Antoine, et le mettre au courant du divorce de Léonard. La tête me brûlait. J'ai fini par me calmer un peu en pensant que Larry ne s'était jamais informé de ma santé ni de quoi que ce soit qui ait pu me concerner. J'imagine qu'il est seul, me suis-je dit, et qu'il compte sur moi.

J'ai voulu lui répondre, mais je bloquais toujours après Cher Larry. Je ne savais pas quoi faire. Larry ne parle jamais de ses problèmes, il doit être vraiment désespéré pour crier au secours. Ai-je le droit de ne pas l'entendre ? Puis, j'ai éteint l'ordinateur, pris mes antibiotiques et je suis allée me faire conseiller par la nuit.

37

Le lendemain, je me sentais déjà beaucoup mieux, prête à « faire face à la musique », comme disait ma mère, et j'ai décidé d'aller voir Mafalda. Je voulais faire le point sur tout ce qui me chicotait, surtout lui parler de mon frère. Elle le connaît un peu, me suis-je dit, à cause de l'histoire de mon père et de sa Juliette. C'était la semaine précédant Noël, et j'ai fait un crochet par l'Avenida Santa Fe. Les vitrines colorées avaient un air de grandes vacances et les enfants accompagnés de leurs parents s'extasiaient devant tous ces jouets saupoudrés de neige artificielle.

Mafalda était déjà occupée, ça ne finissait plus, une cliente se plaignait de petites couettes de travers ici et là. Avec une patience d'ange, Mafalda repeignait la crinière de cette copie conforme de la présidente Cristina. Mêmes lèvres boursouflées, mêmes yeux charbonnés, mêmes bouclettes de star flottant sur les épaules. Le séchoir tonitruant m'empêchait de comprendre leur conversation, et je dois avouer que mon oreille encore un peu bouchée n'aidait pas. Soudain, Mafalda lui a dégrafé le tablier de plastique et s'est dirigée vers la caisse. *Cien pesos por favor,* a-t-elle dit d'une voix assurée. La dame a pris le temps de bien replacer ses boucles avant de se lever pour payer ses cent pesos, puis elle a claqué la porte. Mafalda a éclaté de rire. Elle me fait toujours le coup, a-t-elle dit, mais elle revient toutes les semaines. Et vous, Éveline, vous avez l'air fatiguée. Vous allez bien ? Je me suis affalée sur son fauteuil pivotant comme si je m'agrippais à une bouée. Ah ! Mafalda, ma vie est un tourbillon depuis quelques jours. *¿En serio?* Vous avez rencontré quelqu'un ! Oui et non, Mafalda. Et je lui ai parlé de Violaine, de sa famille, de sa maison. Je suis même allée dormir chez elle, ai-je ajouté. C'est votre fiancée ? m'a-t-elle demandé en me faisant un clin d'œil. Non, non, Mafalda, elle en a déjà une. C'est une Argentine, votre amie ? Oui, c'est une Française installée ici depuis vingt ans. Elle aime parler français avec moi. De mon côté, a dit Mafalda, j'ai reçu une copine de Bogotá, c'était agréable de parler de notre ville natale, c'était comme si on y retournait un peu.

Je lui ai ensuite raconté comment j'avais connu Alejandro et Federico, comment surtout ils s'étaient rapprochés de moi. Hum, a dit Mafalda, c'est intrigant, non ? Pourquoi dis-tu ça, Mafalda ? À votre place, je ferais attention, Éveline, il y a des hommes qui reluquent les femmes plus âgées pour leur argent. Alejandro est un ami, pas plus, que vas-tu chercher là, Mafalda ?

Pour changer de sujet, je m'apprêtais à lui parler de la maladie de mon frère Larry, mais Mafalda m'a coupé la parole aussitôt pour m'annoncer qu'elle venait d'être admise dans une école de Milan. Je pars dans une semaine. Vraiment ? C'est dommage, tu vas me manquer, Mafalda. À qui vais-je raconter mes histoires, maintenant ? Vous viendrez me voir à Milan. Ma mère a finalement quitté mon père. Elle est libre, et moi je suis soulagée. Elle me rejoindra, elle a toujours voulu aller en Italie, elle réalisera un vieux rêve. On se fera une nouvelle vie là-bas, on ouvrira un salon de beauté toutes les deux. Donnez-moi votre adresse de courriel, je vous écrirai, a-t-elle ajouté en maniant le séchoir un peu n'importe comment. Puis elle a dégrafé mon tablier. C'est gratuit pour vous, Éveline, aujourd'hui. C'est mon cadeau de Noël et d'adieu en même temps. Elle m'a raccompagnée dans la rue et elle a voulu m'embrasser. Non, ai-je dit, j'ai une vilaine sinusite. Ah ! c'est mieux que je n'attrape pas ça avant de prendre l'avion. J'avais un petit cadeau pour elle, un billet pour m'accompagner à un concert de tango *nuevo* au mois de janvier. Je ne le lui ai pas donné.

Quand je suis revenue à l'appartement, le tandem Alejandro-Federico faisait les cent pas devant l'entrée. Ah ! vous voilà, a dit Alejandro en venant vers moi, je commençais à m'inquiéter. Dis bonjour à *abuela*, Federico. On peut prendre un café, on monte avec vous ? Bien sûr, venez. On s'est engouffrés dans l'ascenseur et on n'a plus rien dit tous les trois. Il a recommencé à me vouvoyer, ai-je pensé, et c'est mieux

comme ça. Je devrais peut-être le vouvoyer moi aussi pour établir une distance entre nous.
À peine étions-nous entrés que le téléphone a sonné. Violaine voulait avoir de mes nouvelles. Je serai chez toi dans une heure, je t'apporte des *medialunas*. Mais, Violaine, Alejandro et Federico sont avec moi. Y a pas de souci, ce sera une occasion de les rencontrer !
Federico ronchonnait, encore très enrhumé. J'imagine que tu as besoin de le faire garder et que tu es coincé, ai-je dit. Non, non, pas du tout, je suis venu pour vous parler d'un projet, tout simplement. Ah oui ? Et quel projet ? En fait, a-t-il dit en s'éclaircissant la voix, je veux repartir à Montréal. Je me sentais bien, là-bas, j'aimerais refaire ma vie. Ici, c'est bloqué, et je n'ai pas de famille, sauf ma sœur, et elle est toujours occupée. Mais alors, pourquoi es-tu revenu en Argentine ? Ah ! j'étais désespéré, a repris Alejandro en français, sans doute pour ne pas que le petit comprenne. Après la mort de la mère de Federico, j'ai cru pouvoir trouver du réconfort ici, mais ça n'a pas été le cas. C'est un peu de ma faute, aussi. Pour renouer avec mes parents adoptifs, je leur ai présenté mon fils, mais ça s'est très mal passé. Ils n'ont pas apprécié que je ne sois peut-être pas le père de Federico. J'ai claqué la porte une autre fois. Je leur en veux toujours, ça ne se réparera pas. Mais sans doute qu'ils y ont pensé depuis et qu'ils ont changé d'avis, ai-je rétorqué. C'est arrivé il y a plus d'un an, il n'est jamais trop tard pour rétablir les ponts. Non, Éveline, ils ont changé d'attitude envers

moi depuis que j'ai appris l'existence de mes vrais parents. Je n'attends plus rien d'eux et je n'ai plus rien à faire ici. Mon fils a ses grands-parents maternels là-bas. Je leur ai écrit récemment et ils m'ont assuré que c'était important pour eux de connaître leur petit-fils. Ils m'offrent même de me parrainer en attendant que je trouve du travail. Une seule chose me chicote, c'est de vous laisser seule ici. T'inquiète pas, Alejandro, je saurai me débrouiller.

C'est fou, ce besoin de transhumance, comme si le mouvement remédiait au mal-être, ai-je dit pendant qu'Alejandro donnait à Federico des bouchées de tartine enduite de *dulce de leche*. Tu veux aller vers l'endroit d'où je suis partie. Comme moi, tu penses que tout est mieux ailleurs, tu penches toi aussi du côté de ceux qui n'espèrent qu'une chose, changer d'air, tout quitter pour tout recommencer. Pourtant, il y en a qui passent toute leur vie au même endroit. Ils sont si attachés à leurs murs, à leurs fenêtres, à leurs arbres, à leurs portes, à leur lavabo qu'ils en oublient le jour où ils auront à déménager au cimetière.

Alejandro m'a arrêtée dans ma lancée en mettant sa main sur la mienne. Je pense comme vous, mais je suis venu pour vous convaincre de retourner à Montréal. Vous avez une famille là-bas, et elle va s'agrandir. C'est vrai, ma petite-fille vient de m'annoncer qu'elle est enceinte. Si vous restez ici, Éveline, vous vous priverez de voir votre arrière-petit-enfant ? C'est cruel. Ne sois pas si tranché ! Le bébé n'est pas encore né, je suis à Buenos Aires depuis quelques mois seulement,

j'y suis bien et je n'ai aucun désir de retourner à Montréal. Federico a éclaté de rire, nous entraînant, son père et moi, dans la rigolade.
On a sonné. C'était Violaine. Monte, ai-je crié dans l'interphone.

38

Federico m'a prise par la main et on s'est avancés à pas de loup dans le couloir pour aller à la rencontre de Violaine. Pour lui faire une surprise, nous nous sommes cachés à côté de l'ascenseur et le stratagème a fonctionné. Dès que les portes se sont ouvertes, on a crié hou! Du coup, vous allez me tuer, a dit Violaine, et j'aurais pu laissais tomber mes *medialunas*! Federico tapait des mains, je ne l'avais jamais vu si joyeux. Il était plus enjoué avec Violaine qu'avec moi. J'ai perdu le tour avec les petits, me suis-je dit.

Après que j'ai eu présenté Violaine à Alejandro, ils se sont mis à converser comme de vieux amis. J'arrivais mal à les suivre, j'étais à l'écart tout à coup. Ils cherchaient des liens, des personnes qu'ils auraient pu connaître tous les deux, des lieux, des événements. C'était fluide entre eux. Alejandro m'avait abordée de la même manière décontractée au parc Alemania, comme si j'avais été une cousine ou une amie de longue date. C'est rare.

En déposant ses croissants sur la table, Violaine a

raconté à Alejandro ses premiers jours à Buenos Aires. Ça s'est passé au parc Rodriguez Peña, comme Éveline le sait déjà. Cette illumination que j'ai eue devant un immense jacaranda en fleur est aussi inexplicable que les yeux bleus, que l'amour. Et tu sais quoi ? Je suis toujours sous le charme de cette ville, de son cosmopolitisme, de son raffinement européen, de son côté latino. Je n'ai qu'un désir, passer ma vie à Buenos Aires. Je suis chez moi ici. J'ai trouvé mon vrai pays.

Son envolée nous a soufflés, Alejandro et moi. Un grand silence s'est posé entre nos croissants restés intacts sur la table. Même Federico a arrêté de faire vroum avec sa petite auto. C'est tout le contraire pour moi, a dit Alejandro, je ne songe qu'à partir. Mais pourquoi ? Pour les mêmes raisons qui vous ont convaincue de rester ici, Violaine. J'adorais Montréal, je m'y sentais bien et libre même sous le froid et la neige. Et maintenant, je ne pense qu'à repartir, à faire ma vie là-bas, à réaliser mon rêve.

Federico, sur mes genoux, picorait dans ma *medialuna*. Nous deux, la plus vieille et le plus jeune, étions exclus de la bulle de Violaine et Alejandro. Puis j'en ai eu assez. J'ai une idée, ai-je dit, on sort se promener sur Santa Fe. Je veux acheter un cadeau de Noël à Federico. Tu m'en achèteras un à moi aussi, a dit Violaine, parce que je venais justement t'inviter pour le réveillon. Et puis vous, Alejandro, si vous n'avez rien ce soir-là, venez avec le petit. Ma fille Sabrina serait ravie de ne pas être la seule enfant pour la fête.

Je ne sais pas, a répondu Alejandro, je n'aime pas

beaucoup les fêtes de famille, et puis Federico est petit, il dormira à cette heure. Vieux ringard, a dit Violaine en français avec un fort accent provençal. Alejandro a bredouillé qu'il ne savait pas encore quand il allait partir au Canada.

On a ramassé nos affaires, puis on est tous descendus dans la rue French. La lumière nous a éblouis. Pas trop chaud, pas trop froid, comme on dit en Abitibi. Alejandro a extrait une poussette de son auto et on a marché sur Coronel Díaz jusqu'à Santa Fe.

39

Des chants de Noël en plein solstice d'été, ça me semblait loufoque. À tous les coins de rue, un père Noël en sueur faisait tinter ses clochettes, ce qui amusait Federico. C'est la première fois qu'il a vraiment conscience de Noël, a dit Alejandro. À la librairie Ateneo, premier arrêt, Violaine est allée s'asseoir dans les loges avec Federico pendant que j'achetais des livres. Alejandro m'a conseillée, parce que je ne savais pas ce qui intéresserait le petit. Il n'a pas encore de livres à lui, a dit Alejandro, sauf celui de la grenouille que vous lui avez offert, mais je l'ai emmené quelques fois à la bibliothèque. Il faut donner des livres en cadeau aux enfants, même s'ils ne savent pas lire. Tout petits, Margot et Jonathan aimaient feuilleter des albums. Et plus tard, ils ont dévoré des Tintin, des Harry Potter, des mangas et aussi toutes sortes de thrillers qui me faisaient plus peur qu'à eux. J'aimais aussi leur offrir des histoires irrévérencieuses.

Vous êtes amusante, a dit Alejandro en s'approchant de moi. J'adore votre façon de voir les choses, à la fois réaliste et encourageante. Ça me fait beaucoup de bien d'être avec vous. Je pensais repartir pour Montréal le cœur léger, et voici que vous changez la donne. Mais je ne suis pas ta mère ! Ce n'est pas de ça que je parle, Éveline, vous êtes une amie pour moi. J'aime discuter avec vous, je suis bien avec vous. C'est très simple.

Je me suis encore sentie rougir jusqu'à la racine des cheveux et je n'ai pas su quoi répondre. Pendant que je payais ma brassée de livres de toutes les couleurs, Alejandro est allé récupérer Violaine et Federico qui s'amusaient comme larrons en foire dans les loges. J'étais contente qu'il s'éloigne, j'avais besoin d'être seule quelques instants pour digérer sa déclaration solennelle d'amitié.

En sortant de la librairie, j'ai pris les commandes de la poussette, naviguant entre les piétons pressés. Je saisissais des bribes de la conversation entre Violaine et Alejandro. Il était de nouveau question de leurs destins croisés, du besoin de quitter l'Argentine, du besoin d'y rester. Ils ont fini par trouver des connaissances communes. Allons au parc Rodríguez Peña, a dit Violaine, ce n'est pas très loin. Mon jacaranda est en fleur, j'en suis sûre.

À l'angle Santa Fe et Callao, Alejandro a devancé Violaine pour me rejoindre. Je viens de repenser, Éveline, qu'on devait aller ensemble à Montevideo, et je me suis dit que Violaine pourrait nous accompagner. Oui, ai-je répondu, c'est mieux que de me proposer de retourner à Montréal. Mais je suis sérieux pour Montréal. Ce serait plus facile pour le petit de s'adapter, il vous aime déjà. Tu ne peux pas dire une chose pareille, il me connaît à peine. Mais, Éveline, personne ne s'occupera de vous, ici, quand je serai parti. Vous ne pouvez pas rester toute seule. Mais je ne t'ai rien demandé. Pars si tu veux, moi j'ai besoin de rester plus longtemps. Il y a plus de trois mois que vous êtes ici, à Buenos Aires, vous vous donnez combien de temps pour rentrer ? Pour l'instant, je reste ici pour toujours. J'aime être avec vous, Éveline, je vous le répète, vous n'avez pas l'air de me croire. Oui, en effet, je trouve cela très spécial. C'est simple, a-t-il repris, j'aimerais que vous nous fassiez découvrir Montréal et ce Québec que vous avez longtemps habité, l'Abitibi où j'ai failli aller. Mais j'ai quitté mon pays pour larguer mon passé. Notre passé nous habite toujours, Éveline, peu importe où l'on va. Vous n'étiez plus bien à Montréal ? Oui et non, ai-je répondu. À Buenos Aires, je me paie le luxe de vieillir à ma façon. Je veux n'être un fardeau pour personne, ni pour mon fils ni pour mes petits-enfants. Je me suis dit qu'à l'étranger quelqu'un allait me ramasser incognito dans la rue. Mais vous n'êtes pas près de mourir, vous êtes très vivante. Et si jamais vous tombiez dans la rue, c'est moi qui voudrais vous recueillir, a dit Alejandro, les larmes aux yeux. Depuis que je vous ai rencontrée, c'est plus difficile de partir, je me suis attaché à vous. Je suis bien avec vous. Mais, Alejandro, je pourrais être ta mère ! Vous êtes avant tout mon amie, je vous le redis. Tu veux rire, ce n'est vraiment pas sérieux, ça, j'ai au moins trente ans de plus que toi, sinon plus. Et puis, qu'est-ce que ça fait ? Je ne vous demande pas en mariage, je vous dis simplement que j'aime être en votre compagnie. Vous êtes une paix, tout comme était la paix de Marta Minujín dans le parc Alemania l'autre jour quand je vous ai rencontrée. Avez-vous peur de moi ?

Je ne voulais pas m'aventurer sur ce terrain-là, alors je me suis raccrochée à Marta Minujín. Quelle artiste ! J'ai lu dans Internet qu'elle avait même dessiné, avec l'aide de citoyens, une gigantesque marelle sur l'Avenida 9 de Julio. Une marelle, *una rayuela*, comme dans le roman de Cortázar. Oui, je sais, a dit Alejandro, mais tu n'as pas répondu à ma question. *¿Vos tenés miedo de mí ?*

Oui, j'ai un peu peur de toi, ai-je répondu, décontenancée par son passage soudain au *vos* argentin. C'était la deuxième fois qu'il me tutoyait en me demandant si j'avais peur.

40

J'avais oublié Violaine, qui était loin derrière nous. Quand je me suis retournée, Federico s'était endormi dans la poussette. J'ai rebroussé chemin et rattrapé Violaine pour lui dire qu'elle aurait dû nous avertir quand on était passés devant son parc de jacarandas. J'y ai pensé, Éveline, mais je ne voulais pas réveiller le petit et vous étiez trop absorbés dans votre conversation. Sans trop nous en rendre compte, en marchant d'un bon pas, nous avions abouti sur l'Avenida 9 de Julio.
On se demandait, ai-je dit, si tu aimerais aller à Montevideo avec nous. Oh oui! et j'emmènerais Sabrina avec moi, il y a longtemps que je lui promets ce petit voyage. Est-ce qu'on peut faire l'aller-retour en une journée? C'est difficile, a répondu Alejandro, mais c'est possible. C'est quand même préférable de dormir là-bas au moins une nuit. Oh! je ne pourrais pas me payer l'hôtel, a dit Violaine. Ne t'inquiète pas, Violaine, je vais te l'offrir. Et toi, Alejandro, tu pourrais prendre une chambre avec le petit, et nous, on s'arran-

gerait entre filles dans une autre. Ouais, mais je n'avais pas prévu que Federico viendrait avec moi. C'est compliqué, voyager avec un enfant, et la traversée est un peu longue pour lui. Toujours aussi vieux jeu, celui-là, a marmonné Violaine. On a convenu d'une date pour la semaine suivante et j'ai dit que je m'occuperais des réservations. On dormira à l'hôtel Cervantes, c'est un très vieil hôtel. Il ne s'appelle plus comme ça, a précisé Alejandro, c'est la chaîne Esplendor qui l'a acquis et rénové. En fait, on a biffé le nom de Cervantes sur la façade pour que ça fasse plus moderne. Ça ne me dérange pas, ai-je ajouté, je sais que cet hôtel a une histoire. Une histoire presque effacée, a ajouté Alejandro.

Fatigués de cette longue marche, on est entrés dans un café juste en face de la grande figure électrifiée d'Eva Perón. Alejandro avait l'air mal à l'aise et j'ai voulu alléger l'atmosphère en revenant sur mon obsession péroniste. Que penses-tu d'Eva Perón ? lui ai-je demandé. Ah ! Éveline, c'est une question taboue en Argentine. Elle a fait presque autant de bien que de mal dans sa vie, c'est difficile de juger, a enchaîné Violaine, et au final, ça s'annule, on dirait. Je ne parle jamais de politique avec les Argentins en général, les véritables débats se font dans les médias et dans les journaux. Tu vois, ça fait vingt ans que j'habite ici, j'ai la nationalité argentine, mes filles sont nées ici, mais je suis encore craintive quand vient le temps d'aborder la question du péronisme. Mes amis proches sont de gauche, et nous trouvons que Cristina s'occupe de ceux dont on ne s'occupe jamais. Même les enfants des pauvres vont à l'école et ont droit à des soins de santé. On en parle entre nous, mais je m'abstiens de dire quoi que ce soit à certains autres amis intellectuels, qui se disent de gauche et qui sont farouchement opposés à notre présidente. Ils la dénigrent, la traitent de populiste. Comme Alejandro, je dirais que c'est compliqué, que la vie est difficile ici. On ne voit pas d'issue, on se balade entre le pour et le contre, entre les pauvres et les riches, entre l'intégrité et la corruption, la gauche, le centre et la droite. Quand Cristina Kirchner nous parle, elle soulève notre enthousiasme. Elle me parle à moi, personnellement, vois-tu, elle a ce don-là, le même qu'avait Eva Perón devant ses *descamisados*. Le monde est dans un marécage. C'est partout la même chose, peu importe le continent, peu importe le pays. Les financiers ont pris le contrôle des gens et leur dictent la façon dont ils doivent manger, boire, dormir, baiser.

Violaine s'est arrêtée net devant mon air tétanisé. J'ai eu soudain le goût de retourner chez moi, d'être seule. C'était trop pour moi, tout ça, Violaine qui louangeait Cristina, Alejandro qui voulait que je le suive à Montréal, Larry qui allait mourir, mon arrière-petite-fille en devenir.

Mon cœur voulait sortir de ma poitrine, j'avais du mal à reprendre mon souffle, j'ai cru que j'avais une attaque de tachycardie. Tu es fatiguée, a dit Violaine. Oui, a renchéri Alejandro, tu as besoin de te reposer, mais reste un peu encore avec nous, tu viens de commander un cappuccino. Alejandro m'a prise par la main, probablement pour me calmer. Continuez votre promenade si vous voulez, ai-je dit en me dégageant. Mais non, pas question, je ne te laisse pas partir seule dans cet état, a riposté Violaine.

Je me suis levée brusquement. Je ne me sens pas encore très bien, mais n'ayez crainte, ai-je dit, on se donnera des nouvelles demain. Je dois prendre mes médicaments. Je ferai les réservations. Attends un peu avant de tout régler, a dit Alejandro, je dois vérifier avec mon groupe, voir si je n'ai pas une répétition. Je ne sais pas encore exactement non plus quand je partirai pour Montréal.

41

Après les avoir quittés, j'ai couru vers le métro 9 de Julio. Une fois sur le quai, j'ai pensé que je n'avais même pas payé mon café. La question d'Alejandro me revenait en boucle. As-tu peur de moi ? Quelle question ! Oui, Alejandro, j'ai peur. Engouffrée dans le métro bondé, tassée et ballottée de tous côtés, un peu comme une zombie près de la porte. On était dans une boîte de sardines comme dans une *gwagwa* de Cuba. L'espace de quelques stations, l'impression de coucher avec des inconnus dans le même lit. Quelques minutes plus tard, le métro m'a recrachée à Bulnes et, de là, je me suis traînée jusqu'à la rue French. Elsa était sur le palier, radieuse. Je vais me marier, m'a-t-elle annoncé, Dietrich a enfin décidé de se séparer de sa femme. Nous irons habiter en Italie tous les deux, c'est décidé.

J'étais atterrée. Elsa était venue d'Italie pour rejoindre un amant argentin qui l'avait déçue, et voilà qu'elle y retournait avec un Allemand. Ma voisine tout comme ma coiffeuse allaient me déserter. Alejandro repartirait lui aussi, avec son petit Federico. C'était beaucoup pour une seule femme. Ce que j'avais noué se dénouait. Mon cœur s'est presque arrêté devant ce grand vide.

Il me restait Violaine. Au moins celle-là restera, me suis-je dit. Elle aime trop les jacarandas. Et puis, je me ferai d'autres amis argentins, je m'ancrerai dans la ville comme les racines d'un arbre emmêlées par-delà les océans, les parallèles et les méridiens.

Je me suis affalée sur le canapé. Je devais prendre une décision que je ne pouvais pas prendre. Partir ou rester là, comme dans la chanson de Pauline Julien. En allumant mon ordinateur, j'ai été surprise par deux courriels. L'un était de Léonard, m'annonçant que Larry était hospitalisé, qu'il était en phase terminale. Tu devrais rentrer, maman, si tu veux voir ton frère vivant. L'autre était de Margot. Il avait pour titre *L'échographie de ton arrière-petite-fille*.

Une mort et une naissance m'attendaient là où je ne voulais plus être.

J'ai essayé de joindre plusieurs fois Alejandro pour confirmer notre voyage à Montevideo, mais il ne répondait pas. J'en ai déduit qu'il ne viendrait pas et j'ai décidé de me rendre dès le lendemain matin chez le voyagiste de la rue Güemes. J'étais passée bien des fois devant sa boutique pleine d'affiches magnifiques. C'est ici que j'achèterai des billets pour aller en Patagonie, ou à Montevideo, avais-je pensé. Pas un instant je n'avais songé à acheter un billet de retour pour Montréal. Ma vie se passerait désormais à Buenos

Aires, mais j'ai pensé que j'avais déjà décidé bien des choses qui n'avaient pas abouti.

Comme cette fois où j'avais eu envie de quitter Montréal pour m'installer définitivement en Abitibi. Changer de vie. J'avais voulu expliquer à Antoine que, même si j'aimais beaucoup Montréal où je m'étais expatriée pour faire des études, j'aurais aimé quitter cette ville. Je sèche sur place, je suis dans une sorte de no man's land, avais-je avoué, la vie a glissé sur moi. Depuis que Léonard est parti de la maison, je me sens loin de mes racines, loin de moi, comme si j'avais disparu au fil des ans. Je ne ressens plus rien, tout m'est égal, je suis en état de catatonie. Ah, c'est donc pour ça, Éveline, je comprends maintenant. Quoi, c'est pour ça, quoi ? Bien, vois-tu, *darling,* ta libido… ces temps-ci, je trouve que c'est moins *hot* qu'au début. J'avais tenté gauchement d'expliquer à mon bel Antoine que c'était normal, qu'on ne peut pas rester au lit toute notre vie. Je ne me sens pas bien, ces temps-ci, tu comprends ça, non ? Oui, oui, Éveline, t'en fais pas. Et puis, si tu veux, va passer quelque temps au lac avec tes parents. Par contre, moi, je reste ici, à Montréal. Ton Abitibi, très peu pour moi. Eh bien ! moi, j'ai le goût de ne plus être ici, avais-je rétorqué.

J'étais partie en claquant la porte, j'avais fait le voyage dans l'euphorie, mais trois jours plus tard, j'étais de retour au bercail.

Tout ça pour ça, me suis-je dit en allant me mettre au lit. Peut-être que j'affronte le même cul-de-sac aujourd'hui à Buenos Aires. Me suis-je leurrée encore une fois ? Qu'est-ce qui m'a pris de proposer ce voyage en groupe à Montevideo ? J'ai toujours eu l'intention d'aller toute seule faire un pèlerinage là où vit Galeano, mon écrivain iconoclaste, et Mujica, mon président contestataire.

42

Il faisait une chaleur écrasante très tôt le matin quand je suis sortie. Noël et les grandes vacances d'été approchaient, un chaud-froid encore incongru pour la nordique en moi. Avoir un goût de fraîcheur en décembre comme à Montréal au mois de juin quand l'air commence à manquer. J'ai souvent pris la route 117 en direction d'Abitibi, accrochée comme une junkie à ce désir viscéral de retrouver mes cèdres, le feu du soleil couchant et l'humus sous mes pas. En arrivant là-bas, après neuf heures de route, peu importe le temps qu'il faisait, je plongeais dans le lac Vaudray pour ensuite nager sur le dos, *boca arriba,* bouche en l'air, comme ils disent en espagnol. Bercée par les vagues, en apesanteur face au ciel, je retrouvais avec bonheur cette eau jaune qui me caressait tel un amour retrouvé après une longue absence.

L'été en hiver me déconcertait, et l'idée d'aller prendre ma perfusion d'air sur le rio de la Plata me réjouissait. À la boutique du voyagiste de la rue Güemes, tout s'est arrangé en quelques minutes. J'en suis ressortie avec trois billets de Buquebus et une réservation pour la chambre d'hôtel que nous partagerions, Violaine, Sabrina et moi. Un *paquete*, comme a dit l'employé de l'agence de voyage, un vieux monsieur qui pianotait en virtuose sur sa calculette. C'était un spécial du temps des fêtes avant les fêtes. À Noël même ou au jour de l'An, ce serait beaucoup plus cher.

Après une marche sous un soleil déjà brûlant, j'ai téléphoné à Alejandro qui n'a pas répondu, puis à Violaine, à qui j'ai laissé un message. J'ai nos billets à nous, je ne sais pas si Alejandro viendra. Nous partons dans trois jours, ai-je ajouté, et on se rencontre au quai de Puerto Madero à six heures trente du matin.

J'ai passé le reste de la journée cloîtrée à lire *Espejos* de Galeano pour me mettre dans l'ambiance de l'Uruguay et à voguer dans Internet, hypnotisée par le ronron du climatiseur.

Le soleil du nord chamboulait toujours mes après-midi. Pour moi, le sud est en bas, vers mes pieds ; le nord est en haut, vers mon cerveau. Dans *Espejos*, c'est à peu près ce que Galeano pensait : « Le monde était un corps. Au nord c'était la tête, propre, qui regardait le ciel. Au sud se trouvaient les parties basses, sales, où atterrissaient les immondices et les êtres obscurs, appelés antipodes, qui étaient l'image inversée des lumineux habitants du nord. »

Et moi, lisant cela, je pensais que ce préjugé était resté buriné dans le ciboulot du monde et que ça n'allait pas changer de sitôt.

La sonnerie de Skype a retenti et j'ai couru

répondre. C'était Léonard. Il avait pris un peu de poids et il avait l'air un peu triste, si bien que j'ai craint un instant qu'il soit arrivé un malheur à Margot, qu'elle ait perdu son bébé. Dis donc, maman, tu ne donnes pas beaucoup de nouvelles. Tu vas bien? Oui, oui, tout va bien. Et toi, et Claudine, et les enfants, vous êtes bien? Je t'ai écrit un courriel, et tu ne m'as pas répondu. Tu sais bien, maman, que je ne lis pas mes courriels, c'est passé de mode. Tu devrais t'abonner à Facebook, tu saurais tout ce qui se passe dans la famille. T'inquiète pas, ma gang va bien, c'est mon oncle Larry qui en arrache. Il n'en a plus pour longtemps, il aimerait vraiment te voir. Oh! Léonard, je ne sais pas si je pourrais partir maintenant. Quel temps fait-il à Montréal?

Tu préfères sans doute passer Noël dans la canicule, ça se comprend. Ici, c'est vraiment le gros hiver. Tu ne reviens donc pas pour Noël? Non, je vous ai dit que mon séjour dans le sud serait long cette fois. Tu commences à nous manquer, ici, maman. Ça nous déroute, un Noël sans toi, on est un peu désorganisés. Tu faisais de si beaux réveillons. Margot t'a dit qu'elle était enceinte? Oui, bien sûr, Léonard, elle m'a envoyé un courriel. Alors, il faudrait que tu reviennes au moins pour la naissance du bébé. Tu sais bien, Léonard, que je ne peux te donner une date de retour. Pour l'instant, je suis bien ici. Alors, on pourra venir te voir? Je ne savais pas quoi répondre, j'ai simplement spécifié que mon studio était trop petit. Il n'a pas insisté et la conversation s'est poursuivie sur un ton léger. Coudonc, maman, t'es-tu fait un chum là-bas?

Non, non, ce n'est pas ça, ai-je murmuré après avoir un peu hésité. Ce n'est vraiment pas ça du tout. C'est difficile à comprendre, en tout cas, ton affaire, maman. Je te rappellerai à Noël. Je ne serai peut-être pas chez moi, je suis invitée chez une amie. Ah bon, comme tu veux, a répondu sèchement Léonard, je te souhaite une bonne soirée et un joyeux Noël d'avance au cas où je ne te rejoindrais pas.

La connexion a coupé. Mon fils ne savait pas que je commençais à tout remettre ça en question. Je voudrais vieillir ici, mais peut-être que ce sera bien long, ai-je pensé. Et Alejandro qui veut s'établir à Montréal. J'ai vite écarté cette idée et je me suis replongée dans mon *Espejos*. Je n'arrivais plus à me concentrer, je pensais à Alejandro qui ne me rappelait pas. Il répétait peut-être avec ses musiciens, il m'avait dit qu'il préparait un spectacle avec eux pendant les fêtes.

Léonard s'était beaucoup inquiété avant mon départ pour l'Argentine. Tu seras loin, et si tu tombes malade, je ne pourrai pas t'aider. Oh ! Léonard, ne t'inquiète pas, il y a des cliniques, des pharmacies, tout. Je ne serai pas *incommunicado* quand même ! J'avais ri, j'avais ajouté que ce ne serait pas si long, six mois, que mes petits-enfants seraient sans doute si occupés qu'ils ne s'apercevraient même pas de mon absence. À la fin, j'avais déclaré que ma décision était prise, irrévocable. Je vieillis, vois-tu, mon cher, mais pendant que je suis encore en bonne santé, je tiens à voir autre chose que l'Europe et l'Amérique du Nord, je veux aller dans un endroit qui m'est tout à fait inconnu.

On est en décembre, ai-je pensé, et je passerai Noël hors de chez moi, sans famille, sans neige et sans froid, comme lorsque j'étais en Provence. Pour le reste, c'est très semblable à Montréal. L'esprit des fêtes bat son plein, les vitrines regorgent déjà de flocons de neige, de rennes au nez rouge et d'anges aux ailes de nacre.

La sonnerie du téléphone m'a brusquement sortie de ma rêverie et à peine ai-je eu le temps de répondre que déjà le répondeur s'enclenchait. Quelle efficacité, quel cadeau, disait la voix de Violaine, je te remercie pour tout. Sabrina est ravie, nous serons à Puerto Madero vendredi sans faute.

43

J'allais beaucoup mieux, les antibiotiques avaient fait effet et je suis allée faire une longue promenade aux alentours de la Plaza de Mayo. Les grands-mères étaient toujours là, près de leur stand, continuant de provoquer des retrouvailles entre les enfants adoptés par les militaires et leurs grands-parents biologiques. Une œuvre de vérité. J'ai ensuite flâné dans San Telmo, m'arrêtant devant les kiosques des vendeurs de souvenirs. Je me suis demandé si Mauricio, le possible père de Federico, y vendait toujours des porte-monnaie.

Quand je suis rentrée, plus tard, comme je n'avais toujours pas de nouvelles d'Alejandro, j'ai décidé de lui téléphoner. Ah! c'est toi, a-t-il répondu, la voix tout enrouée, j'allais justement t'appeler parce que j'ai une grippe, je crois que je l'ai attrapée de Federico ou… de toi. Je voulais te dire aussi que je ne pourrai pas aller avec vous à Montevideo, je suis désolé. Ce sera plus agréable pour vous d'y aller entre filles. Je comprends, on laisse tomber, c'est tout ce que j'ai pu dire avant de raccrocher.

Je me suis retenue de pleurer, j'étais surtout fâchée contre moi. Comment avais-je pu me lancer dans une telle organisation de voyage! J'aurais dû deviner qu'Alejandro me ferait faux bond. Puis je me suis ressaisie. Au fond, ce n'était pas sa faute, il était vraiment malade et ce n'était pas la fin du monde non plus. La tristesse a repris le dessus. Ce contretemps ne devrait pas tant m'affecter, me disais-je en faisant les cent pas dans mon studio. J'avais besoin de parler à quelqu'un, alors j'ai appelé Violaine. Oh! Éveline, c'est classique, je ne suis pas surprise de sa volte-face. Il est sans doute malade, c'est plausible, mais je pense qu'il aurait préféré faire ce voyage seul avec toi. Il a le béguin pour toi, tu es aveugle, Éveline. Es-tu folle? C'est un ami comme ça, je le trouve gentil, pas plus. Et puis il est très jeune, tu te rends compte? Hé ben, a dit Violaine, te voilà avec des préjugés maintenant. Il y a des tonnes d'hommes qui se pavanent avec des femmes qui pourraient être leur petite-fille et personne n'en tient compte. Quelques femmes aussi ont des amants beaucoup plus jeunes qu'elles. Oui, Violaine, mais ce sont habituellement des vedettes, des femmes riches et célèbres, qui attirent de jeunes amoureux. Moi, je ne suis ni riche ni célèbre. Non, mais tu es bien mimi. Laisse faire la mimi, Violaine. Je voulais dire que tu devrais t'occuper de la vie pendant que tu es encore vivante. Si tu continues comme ça, tu vas mourir avant d'être morte. Ça va, j'ai compris. On se retrouve demain matin à Puerto Madero pour faire notre petit pèlerinage à Montevideo.

J'ai passé le reste de la soirée à ruminer tout ça. J'ai eu cent fois le goût de rappeler Alejandro et, pour me changer les idées, je suis descendue dans la rue prendre un peu d'air frais. Mon fleuriste italien, qui fermait boutique, m'a offert un bouquet de ses *alegrías del hogar*. C'est un cadeau, a-t-il dit avec un immense sourire. Dans un kiosque, plus loin, j'ai acheté un exemplaire de *Página /12*, mon journal préféré. Je me suis ensuite attablée à une terrasse, noyée dans le soir vrombissant de klaxons, de sirènes d'ambulances, de conversations, du babil de bébés. Je me sentais comme à Paris ou dans un roman de Simone de Beauvoir sans Jean-Paul Sartre. Le journal était rempli d'articles de fond sur le cinéma et la littérature. Le vieux poète Juan Gelman avait écrit sur la guerre en Irak, Walter López que j'avais rencontré avec la sœur d'Alejandro faisait une entrevue avec Almodóvar. Un poète qui écrit un article de fond sur une guerre sale, interviewe un peintre, un sculpteur, un romancier qui fait une critique de cinéma, c'était plutôt étonnant pour moi. Plusieurs écrivains sont ici des journalistes alors qu'au Québec, ai-je pensé, ce sont souvent des journalistes et des vedettes qui s'improvisent écrivains. Pour meubler le temps mort entre les contrats, prétendent-ils.

    Je suis rentrée très tard à mon studio et, en mettant la clé dans la porte, j'ai pensé que je venais de me promener seule pour la première fois dans la rue très noire. Est-ce possible que je n'aie plus peur? Le répondeur clignotait. C'était Alejandro. Allô, Éveline, je pense que tu étais bien déçue, non? Désolé, mais je ne suis vraiment pas en forme, un peu comme toi, l'autre jour, quand tu as attrapé les microbes de Federico. Bon voyage à Montevideo. Rappelle-moi quand tu reviens. Ciao.

Je suis allée au lit le cœur un peu plus léger. Soyons zen, me suis-je dit. J'ai réservé un taxi pour six heures du matin et j'ai mis le réveil à cinq heures. J'étais calme, ça me surprenait.

44

Violaine était au rendez-vous avec la petite Sabrina. On a eu la nausée toutes les trois pendant la traversée. L'aéroglisseur, luxueux comme un bateau de croisière avec moquette, bar et grand escalier en colimaçon, fendait le rio de la Plata qui répandait sa couleur cuivrée sous un soleil sans pitié. Mais il n'y avait pas d'accès au pont, on était comme dans un aquarium. Quand on a finalement amarré au port de Montevideo vers onze heures, une grande bouffée d'air nous a enfin soulagées. Il a fallu ajuster nos montres comme lorsqu'on traverse de Campbellton à Pointe-à-la-Croix, à la frontière du Québec et du Nouveau-Brunswick.

Un car nous a déposées à l'hôtel Esplendor Cervantes de la rue Soriano. Dans le hall, bien en évidence sur une étagère, trônait un exemplaire du *Rayuela* de Cortázar. À part ce clin d'œil à l'auteur de *La Porte condamnée*, rien d'autre ne rappelait la littérature. De la lucarne de notre chambre design qui donnait sur une cour, on apercevait un coin du grand fleuve tigré.

On s'est promenées comme de vraies touristes qui, plan de la ville en main, veulent tout voir dans la même journée. Devant la fontaine de la majestueuse Plaza Independencia, Violaine s'est arrêtée. Regarde, a-t-elle dit, cette ville a un centre. Oui, Violaine, une ville à échelle humaine, si on la compare à Buenos Aires. Ça me plaît. Les gens sont moins stressés ici, plus souriants. Tu as raison, Éveline. Et tu vas voir que les Uruguayens sont aussi des gens très politisés et très ouverts. Allons près d'ici, au Teatro Solís. J'ai vu sur Internet qu'il y avait ce soir une représentation du *Prélude à l'après-midi d'un faune* dans une chorégraphie de Nijinski. Sabrina serait ravie d'y assister, elle adore le ballet.

Le temps de le dire, Violaine s'est débrouillée pour obtenir de très bons billets. Ensuite, on s'est rendues à la Rambla, la magnifique promenade au bord de ce fleuve aussi grand que la mer devant Montevideo. Du vent, de l'air, du soleil, et une certaine paix qui contrastait avec le tohu-bohu de Buenos Aires. Aimerais-tu habiter ici? ai-je demandé à Violaine. Non, pas du tout. Je suis bien à Buenos Aires, c'est ma ville maintenant, je l'ai dans la peau. Et toi? Oh! moi, je suis sous le charme, j'avoue que j'aurais un grand plaisir à longer la mer tous les jours, un peu comme lorsque je me promenais sur les rives du lac Osisko, à Noranda. Tu pourrais aller à Puerto Madero, il y a des promenades là aussi! Je ne sais pas, Violaine, mais tout me semble plus fabriqué à Buenos Aires. Peut-être que j'ai la nostalgie des grands espaces. Mais, rien ne t'empêche de faire la navette entre Buenos Aires et Montevideo quand cela te chante ! Et il y a plein de beaux endroits moins habités à l'extérieur de Buenos Aires !

Je réfléchissais à tout ça, en contemplant le fleuve qui s'étalait à l'infini. Je vais y revenir, sans doute, c'est ce que je mijotais quand on s'est arrêtées plus tard pour manger une pizza. Sabrina, volubile, nous racontait comment elle était heureuse de commencer ses grandes vacances. Maman, Paola et moi, nous irons à Salta voir les montagnes. Oui, a dit Violaine, c'est une très belle ville, au nord-ouest, près des Andes. Nord-ouest, ce mot qu'on accroche sans cesse à mon Abitibi natale. Il est temps d'aller au théâtre, a dit Violaine, trêve de vacances et de nostalgie !

Dans les loges, assise au bout de ma petite chaise de velours, je me sentais comme Sophie Marceau dans le film *Anna Karénine*. Sur la scène se déployaient des danseurs nus ou presque sur la musique de Debussy. C'était vaporeux, céleste, j'y serais restée toute la nuit.

Quand on est rentrées à l'hôtel, j'ai dit à Violaine que j'aimerais revenir et séjourner plus longtemps dans cette ville de bord de l'eau. Peut-être que cette fois-là, tu dormiras dans la vraie chambre de *La Porte condamnée* de Cortázar, a dit Violaine en éteignant la lumière.

La mère et sa fille sont tombées instantanément dans un sommeil profond, mais moi, je n'arrivais pas à dormir. Je pensais à Alejandro, je nous voyais sur la promenade au bord de la Plata, dans les rues piétonnières, dans une belle librairie, côtoyant des gens sympathiques et simples. Je suis folle, me suis-je dit, Alejandro s'en va. En peu de temps, il avait pris beaucoup de place dans mon cœur et dans ma tête. Pour l'oublier, je viendrai passer le mois de janvier ici, j'y retrouverai mon souffle. Tout cela virevoltait dans mon esprit, j'ai attrapé mon *Rayuela* comme une bouée pour aller lire dans un petit salon au bout de l'étage. Il y avait là une femme de mon âge plongée dans la lecture. Je l'ai saluée en espagnol et elle m'a répondu en français. Vous venez de France ? m'a-t-elle demandé. De mon côté, je lui ai demandé où elle avait si bien appris le français. Née en Belgique, elle enseignait à l'Alliance française de Buenos Aires. Je suis venue à Montevideo voir ma famille, je repars demain, a-t-elle ajouté.

Nous avons conversé doucement dans la lumière tamisée du salon. Enfant, elle était arrivée à Montevideo avec ses parents qui ne devaient y rester qu'un an. Ils ne sont jamais repartis pour la Belgique. Et Thérèse, c'est son nom, s'est installée à Buenos Aires après son mariage avec un Argentin. Je préfère la grande capitale, mes enfants et mes petits-enfants y habitent, a-t-elle dit, mais je traverse souvent le fleuve pour rendre visite à mes frères et sœurs. Et vous, quand repartirez-vous pour le Canada ? Je ne sais pas, j'aimerais rester ici le plus longtemps possible, mais j'aurai une arrière-petite-fille dans quelques mois et je commence à hésiter. Vous êtes entre deux désirs, a dit Thérèse. C'est toujours inconfortable, mais c'est grisant ce va-et-vient, on n'a pas besoin de prendre de décision. Je traverse souvent le fleuve, j'aime être entre deux mondes, c'est un bel espace. Quand retournez-vous à Buenos Aires ? Demain, ai-je répondu. Alors, on se verra sur le Buquebus.

Sur ce, je suis allée rejoindre mes compagnes qui naviguaient dans leur phase de sommeil lent et profond. Et j'ai fini par m'assoupir en pensant à la chance que j'avais de pouvoir dormir dans la ville de Mujica et de Galeano, ces idoles sans apparat.

45

Le lendemain, nous nous sommes promenées encore un peu dans Montevideo. L'air était si bon et si frais le long de la Rambla que je serais restée là pour toujours dans une sorte d'apesanteur. Il ne faut pas acheter de billets de retour, jamais, me suis-je dit, ça coupe l'horizon du voyage. J'ai besoin de cet espace libre comme la mer, comme le ciel pour que mon cerveau cesse de tourner en rond.

De nouveau sur le Buquebus, on a rigolé un peu avec Thérèse qui est venue nous rejoindre et que j'ai présentée à Violaine. Elles se parlaient en espagnol de façon naturelle, comme si elles avaient relégué leurs origines francophones bien loin de leur modus vivendi. Elles se racontaient des anecdotes toutes plus comiques les unes que les autres sur l'enseignement du français aux étrangers. Le courant passait entre elles, elles allaient sûrement se lier d'amitié pour le reste de leurs jours, ai-je pensé. Mais je me suis trompée, parce qu'un peu avant qu'on arrive à Buenos Aires, Thérèse a disparu sans même nous dire au revoir. Elle est allée récupérer son auto, a dit Violaine, elle craignait qu'on lui demande de nous emmener. Je trouvais quand même étrange que Thérèse nous ait quittées si abruptement. Elle ne nous a même pas demandé d'échanger nos adresses, ai-je dit, on ne la reverra plus, à moins qu'on se retrouve une autre fois par hasard sur le Buquebus. Vous sembliez tellement complices. Oui, Éveline, mais je ne pense pas que j'aurais aimé la fréquenter. Il y a des gens qu'on ne revoit plus jamais, ce n'est pas grave. On déguste le moment où on est ensemble, c'est tout. Pourquoi vouloir rester absolument en contact avec tous les gens qu'on rencontre? Tu as raison, Violaine, mais déjà, je me suis attachée à toi et à Sabrina. Et à Alejandro et à Federico, a ajouté Violaine, même si tu ne l'admets que du bout des lèvres. C'est vrai, je me sens coupable vis-à-vis de mon fils et de mes petits-enfants, que j'ai fuis en pensant me libérer. Je me rends compte qu'il n'est pas si facile d'être dans la légèreté.

Une fois sorties du Buquebus à Puerto Madero, le soleil et la chaleur nous ont attaquées de plein fouet. On aurait dû rester un peu plus longtemps à Montevideo, a dit Violaine, il y faisait plus frais. Tu viens toujours à Noël, tu n'oublies pas? Bien sûr que j'irai. Je ne suis pas certaine qu'Alejandro pourra venir, il semblait très grippé, et je pense que son départ pour Montréal est imminent. Oh! a dit Violaine, peu importe, tu y seras, toi. Ne pense pas trop à Alejandro. Nous nous sommes embrassées avant de prendre un taxi chacune de notre côté.

Le chauffeur, qui zigzaguait dans les rues bouillantes de Buenos Aires comme dans un jeu vidéo, ne m'a parlé que de son bébé de trois mois, sa *bebá,* qu'il ne voyait presque pas. J'ai sa photo, a-t-il dit, c'est tout ce que j'ai d'elle. Quand j'arrive le soir, elle dort. Et le matin, j'ai à peine le temps de la voir. C'est triste. J'ai pensé à la petite de Margot que je ne verrais pas non plus. Et à mon frère Larry qui allait mourir sans que je puisse lui parler. Cher Larry, il ne mourra pas vraiment, même quand il sera mort. Les idoles restent longtemps dans la mémoire collective. Les musiciens, par leur musique; les écrivains, par leurs livres; les acteurs, par leurs films. Mais s'ils ne meurent pas dans la fleur de l'âge, ils se dessèchent comme tout le monde. Les actrices de cinéma qui ont imprimé leurs visages sur tant de pellicules ont flétri à la fin elles aussi. Elizabeth Taylor, Jayne Mansfield, Esther Williams, *name it.* Même Elvis Presley, l'idole de mon adolescence, a nié que son crépuscule approchait. Bouffi par les médicaments, il s'était pris pour Dieu, s'était bardé de pierreries, s'était collé des ailes d'archange. Il suait à grosses gouttes en chantant *My Way,* s'arrêtant entre les couplets pour déblatérer contre sa femme. Puis, il a fini par s'éteindre dans son mausolée de Graceland. *That's it and that's all, babe.*

46

En entrant chez moi, j'ai vu que le répondeur clignotait. J'ai eu peur que Larry se soit déjà éteint, mais c'était plutôt Alejandro qui disait aller beaucoup mieux. Rappelle-moi. J'ai défait mes bagages et je suis sortie à la recherche d'un resto. J'ai marché longtemps dans la rue Arenales jusqu'à Pueyrredón, pour finalement entrer chez Honorio. C'était la fin de semaine et, tout au fond, une grande famille était réunie autour de la grand-mère. De ma table, je pouvais les observer à ma guise. L'*abuela* trônait au milieu de ses enfants, beaux-enfants, petits-enfants. Elle était belle, bien coiffée, vêtue de façon classique. Les petits se levaient, les bébés pleuraient, les hommes et les femmes discutaient. Elle restait calme et souriante au milieu de ce brouhaha. Elle aurait pu être ma mère, telle qu'elle était après avoir perdu la mémoire et ses repères. Larry et moi ne l'avons jamais invitée au restaurant. Ça m'a attristée. Je lui envoyais des fleurs pour souligner les fêtes, mais les roses ne remplacent pas les baisers ni les sourires, elles consolent un peu de leur absence, c'est tout. J'étais seule à ma table, perdue sur une île. J'ai commandé un plat que j'ai à peine mangé et je suis sortie très vite de cet endroit plein de chaleur et de tendresse. Je pourrais être entourée moi aussi, mais j'ai choisi d'être seule. Ai-je fait le bon choix ? C'est ce que je me suis demandé sur le chemin du retour.

Dans un nouveau message sur mon répondeur, Alejandro me disait qu'il avait ses billets d'avion pour Montréal. Il allait inventorier ses possibilités pour obtenir un permis de résidence permanente là-bas. Il partait la veille de Noël, il avait eu de très bons prix. Vous comprenez, Éveline, personne ne veut voyager la veille de Noël. Je ne pense pas qu'on pourra se voir avant mon départ, mais je vous écrirai un courriel en arrivant là-bas. Peut-être que vous rentrerez bientôt pour voir votre petite-fille, que vous ne pourrez pas vous en empêcher. Je vous souhaite de joyeuses fêtes, amusez-vous bien chez Violaine.

J'étais atterrée, je ne pensais pas qu'il partirait si vite. Il me vouvoyait de nouveau et, de plus, il ne me demandait pas de le rappeler. Puis je me suis sentie soulagée, je ne savais trop pourquoi.

C'était la fin de la journée, et j'ai marché jusqu'à Puerto Madero sous un ciel mordoré. J'avais envie de revoir le fleuve, ramenée brusquement à moi-même dans ma solitude entière, celle que j'avais désirée de toute mon âme en atterrissant à Buenos Aires. J'ai traversé le pont tout illuminé qu'on appelle le pont de la Femme, *el puente de la Mujer*, aérien, magnifique. Le grand mât oblique représente l'homme qui soutient la femme, symbolisée par la courbe centrale du pont, comme dans un pas de tango. Désolée pour le tango, me suis-je dit, je ne le danse plus.

Je suis retournée lentement à mon studio, savourant ma tranquillité. J'ai marché dans les rues sombres de la ville. La nuit était tombée, personne ne m'a remarquée. J'étais anonyme et en paix avec moi-même.

Sources

Chapitre 9

La vidéo qu'Éveline regarde à *TN en vivo* est tirée de YouTube. « Simon el Perro que Chavez regalo a Cristina Fernandez el perro nacional de Venezuela », *YouTube*, publiée le 19 novembre 2013 [www.youtube.com/watch?v=O6CPK7p7_ys].

Chapitre 25

« [...] *she rose meteorically through a brief radio and motion picture career to become the first lady of her land and one of the most influential women in the Western hemisphere.* »

« Saga Of Eva Peron : 12 Years To Power », *The New York Times*, 27 juillet 1952.

Chapitre 29

« *He cometido el peor pecado /que un hombre puede cometer. No he /sido/ feliz.* »

Jorge Luis Borges, *El remordimiento*.

Chapitre 34

« *Ella amaba naturalmente, como respiraba. Era puta y santa a la vez.* »

Jorge Camarasa, concert de piano pour la première dame, Al Fil, 22 août 2014.

Chapitre 36

« [...] *predicó y practicó el exterminio de los argentinos de piel oscura, para sustituirlos por europeos blancos de ojos claros. Y fue presidente de su país y egregio prócer, gloria y loor, héroe inmortal.* »

Eduardo Galeano, *Espejos, Una historia casi universal*, Buenos Aires, Siglo XXI Editores, 2008, p. 185.

« *Evita era el hada rubia que abrazaba al leproso y al haraposo y daba paz al desesperado, el incesante manantial que prodigaba empleos y colchones, zapatos y máquinas de coser, dentaduras postizas, ajuares de novia.* »

Eduardo Galeano, *Memoria del Fuego*, tome III, 1986.

Chapitre 42

« *El mundo era un cuerpo. Al norte estaba la cara, limpia, que miraba al cielo. Al sur estaban las partes bajas, sucias, donde iban a parar las inmundicias y los seres oscuros, llamados antípodas, que eran la imagen invertida de los luminosos habitantes del norte.* »

Eduardo Galeano, *Espejos, Una historia casi universal*, Buenos Aires, Siglo XXI Editores, 2008, p. 104.